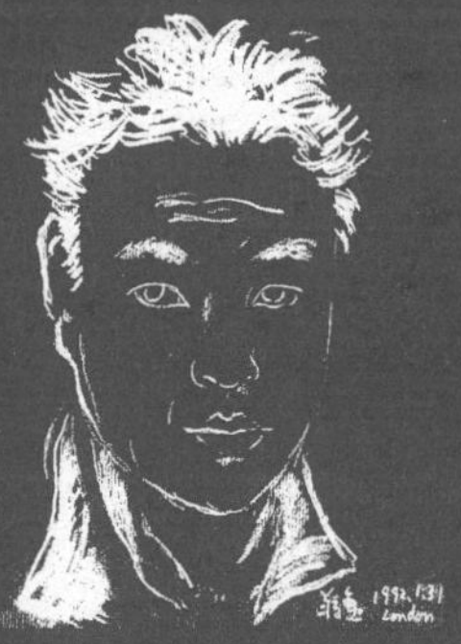

孤獨讓我們更有力量

孤獨是生命圓滿的開始，沒有與自己相處的經驗，不會懂得和別人相處。

蔣勳

孤獨六講

情慾・語言・革命・思維・倫理・暴力

孤獨六講【目錄】

孤獨六講【自序】

蔣勳

我寫過一篇小說叫〈因為孤獨的緣故〉，後來成為一本小說集的書名。
二〇〇二年聯合文學舉辦一個活動，以「孤獨」為主題，邀我作了六場演講，分別是：情慾孤獨、語言孤獨、革命孤獨、暴力孤獨、思維孤獨、和倫理孤獨。

我可以孤獨嗎？
我常常靜下來問自己：我可以更孤獨一點嗎？
我渴望孤獨；珍惜孤獨。
好像只有孤獨，生命可以變得豐富而華麗。

我擁抱著一個摯愛的身體時，我知道，自己是徹底的孤獨的，我所有的情慾只是無可奈何的占有。

我試圖用各種語言與人溝通，但我也同時知道，語言的終極只是更大的孤獨。

我試圖在家族與社會裡扮演一個圓融和睦的角色，在倫理領域與每一個人和睦相處，但為什麼，我仍然感覺到不可改變的孤獨？

我看到暴力者試圖以槍聲打破死寂，但所有的槍聲只是擊向巨大空洞的孤獨回聲。

我聽到革命者的呼叫：掀翻社會秩序，顛覆階級結構！但是，革命者站在文明的廢墟上喘息流淚，他徹底知道革命者最後宿命的孤獨。

其實美學的本質或許是——孤獨。

人類數千年來不斷思維，用有限的思維圖解無限的孤獨，注定徒勞無功吧。

我的《孤獨六講》在可懂與不可懂之間，也需無人聆聽，卻陪伴我度過自負的孤獨歲月。

我的對話只是自己的獨白。

二〇〇七年七月二十一日

卷一

情慾孤獨

孤獨沒有什麼不好。
孤獨變得不好，是因為你害怕孤獨。

情慾孤獨

對青春期的我而言，
孤獨是一種渴望，
可以讓我與自己對話……

孤獨，是我一直想談論的主題。

有很長的一段時間，每天早上起來翻開報紙，在所有事件的背後，隱約感覺到有一個孤獨的聲音。不明白為何會在這些熱鬧滾滾的新聞背後，感覺到孤獨的心事，我無法解釋，只是隱隱約約覺得，這個匆忙的城市裡有一種長期被忽略、被遺忘，潛藏在心靈深處的孤獨。

我開始嘗試以另一種角度解讀新聞，不論誰對誰錯，誰是誰非，而是去找尋那一個隱約的聲音。

於是我聽到了各種年齡、各種角色、各個階層處於孤獨的狀態下發出的聲音。當島嶼上流傳著一片暴露個人隱私的光碟時，我感覺到被觀看者內心的孤獨感，在那樣的時刻，她會跟誰對話？她有可能跟誰對話？她現在在哪裡？她心裡的孤獨是什麼？這些問題在我心裡旋繞了許久。

我相信，這裡面有屬於法律的判斷、有屬於道德的判斷，而屬於法律的歸法律，屬於道德的歸道德；有一個部分，卻是身在文學、美學領域的人所關注的，即重新檢視、聆聽這些角色的心事。當我們隨著新聞媒體喧嘩、對事件中的角色指指點點時，我們不是在聆聽他人的心事，只是習慣不斷地發言。

台灣是愈來愈孤獨的社會

我的成長經歷台灣社會幾個不同的發展階段。小時候家教嚴格，不太有機會發言，父母總覺得小孩子一開口就會講錯話。記得過年時，家裡有許多禁忌，許多字眼不能講，例如「死」或是死的同音字。每到臘月，母親就會對我耳提面命。奇怪的是，平常也不太說這些字的，可是一到這個時節就會脫口而出，受到處罰。後來，母親也沒辦法，只好拿張紅紙條貼在牆上，上面寫著：「童言無忌」，不管說什麼都沒有關係了。

那個時候，要說出心事或表達出某些語言，受到很多約束。於是我與文學結了很深的緣。有時候會去讀一本文學作品，與作品中的角色對話或者獨白，那種感覺是孤獨的，但那種孤獨感，深為此刻的我所懷念，原因是在孤獨中，有一種很飽滿的東西存在。

現在資訊愈來愈發達了，而且流通得非常快。除了電話以外，還有答錄機、簡訊、傳真機、e-mail等聯絡方式——每次旅行回來打開電子信箱，往往得先殺掉大多數的垃圾信件後，才能開始「讀信」。

然而，整個社會卻愈來愈孤獨了。

感覺到社會的孤獨感約莫是在這幾年。不論是打開電視或收聽廣播，到處都是call in節目。那個沉默的年代已不存在，每個人都在表達意見，但在一片call in聲中，我卻感覺到現代人加倍的孤獨感。尤其在call in的過程中，因為時間限制，往往只有幾十秒鐘，話沒說完就被打斷了。

每個人都急著講話，每個人都沒把話講完。

快速而進步的通訊科技，仍然無法照顧到我們內心裡那個巨大而荒涼的孤獨感。

我忽然很想問問那個被打斷的聽眾的電話，我想打給他，聽他把話說完。其實，在那樣的情況下，主持人也會很慌。於是到最後，連call in說話的機會都沒有了，直接以選擇的方式：贊成或不贊成，然後在螢幕上，看到兩邊的數字一直跳動一直跳動……

我想談的就是這樣子的孤獨感。因為人們已經沒有機會面對自己，只是一再地被刺激，要把心裡的話丟出去，卻無法和自己對談。

人害怕孤獨

我要說的是，孤獨沒有什麼不好。使孤獨變得不好，是因為你害怕孤獨。

當你被孤獨感驅使著去尋找遠離孤獨的方法時，會處於一種非常可怕的狀態；因為無法和自己相處的人，也很難和別人相處，無法和別人相處會讓你感覺到巨大的虛無感，會讓你告訴自己：「我是孤獨的，我是孤獨的，我必須去打破這種孤獨。」你忘記了，想要快速打破孤獨的動作，正是造成巨大孤獨感的原因。

不同年齡層所面對的孤獨也不一樣。

我這個年紀的朋友，都有在中學時代，暗戀一個人好多好多年，對方完全不知情的經驗，只是用寫詩、寫日記表達心情，難以想像那時日記裡的文字會纖細到那麼美麗，因為時間很長，我們可以一筆一筆地刻劃暗戀的心事。這是一個不快樂、不能被滿足的情慾嗎？我現在回想起來，恐怕不一定是，事實上，我們在學習著跟自己戀愛。

對許多人而言，第一個戀愛的對象就是自己。在暗戀的過程，開始把自己美好的一面發展出來了。有時候會無緣無故站在綠蔭繁花下，呆呆地看著，開始想要知道生命是什麼，開始會把衣服穿得更講究一點，走過暗戀的人面前，希望被注意到。我的意思是說，當你在暗戀一個人時，你的生命正在轉換，從中發展出完美的自我。

前幾年我在大學當系主任時，系上有一個女學生，每天帶著睡眠不足的雙眼來上課，她告訴我，她同時用四種身分在網路上交友，每一個角色有一個名字（代號）及迥異的性格，交往的人也不同。我很好奇，開始上網了解這種年輕人的交友方式，我會接觸電腦和網路也要歸功於她。

情慾的孤獨，在本質上並無好與壞的分別，情慾是一種永遠不會變的東西，你渴望在身體發育之後，可以和另外一個身體有更多的了解、擁抱，或愛，你用任何名稱都可以。因為人本來就是孤獨的，猶如柏拉圖在兩千多年前寫下的寓言：每一個人都是被劈開成兩半的一個不完整個體，終其一生在尋找另一半，卻不一定能找到，因為被劈開的人太多了。

有時候你以為找到了，有時候你以為永遠找不到。柏拉圖在《饗宴》裡用了這個了不起的寓言，正說明了孤獨是人類的本質。

在傳統社會裡，有很長的一段時間，我們都以為找到了另外一半，那是因為一生只有一次的機會，找對，找不對，都只能認了。但現在不一樣了，如我的學生，她用四種身分在尋找，她認為自己有很大的權力去尋找最適合的那一半，可是我在想的是：是不是因此她的機會比我的多？

我是說，如果我只有一種身分，一生只能找一次，和現在她有四個身分，找錯了隨時可以丟掉再找，是不是表示她有更多的機會？我數學不好，無法做比較。可是我相信，如柏拉圖的寓言，每個人都是被劈開的一半，儘管不同的文化，不同的哲學，對這個問題有不同的解釋，但孤獨絕對是我們一生中無可避免的命題。

「我」從哪裡來？

後面我還會談到倫理的孤獨，會從中國的儒家文化談起。儒家文化是最不願意談孤獨的，所謂五倫，所謂君君、臣臣、父父、子子的關係，都是在闡述一個生命生下來後，與周邊生命的相對關係，我們稱之為相對倫理，所以人不能談孤獨感，感到孤獨的人，在儒家文化中，表示他是不完整的。如果是父慈子孝、兄友弟恭、夫妻和睦，那麼在父子、兄弟、夫妻的關係裡，都不應該有孤獨感。

可是，你是否也覺得，儒家定義的倫理是一種外在形式，是前述那種「你只能找一次，不對就不能再找」的那種東西，而不是你內心底層最深最荒涼的孤獨感。

「我可以在父母面前感覺到非常孤獨。」我想這是一句觸怒儒家思想的陳述，卻是事實。在我青春期的歲月中，我感到最孤獨的時刻，就是和父母對話時，因為他們沒有聽懂我在說什麼，我也聽不懂他們在說什麼。而這並不牽涉我愛不愛父母，或父母愛不愛我的問題。

在十二歲以前，我聽他們的語言，或是他們聽我的語言，都沒有問題。可是在發育之後，我會偷偷讀一些書、聽一些音樂、看一些電影，卻不敢再跟他們說了。我好像忽然擁有了另外一個世界，這個世界是私密的，我在這裡可以觸碰到生命的本質，但在父母的世界裡，我找不到這些東西。

曾經試著去打破禁忌，在母親忙著準備晚餐時，繞在她旁邊問：「我們從哪裡來的？」那個年代的母親當然不會正面回答問題，只會說：「撿來的。」多半得到的答案就是如此，如果再追問下去，母親就會不耐煩地說：「胳肢窩裡長出來的。」

其實，十三歲的我問的不是從身體何處來，而是「我從哪裡來，要往哪裡去？」是關於生與死的問題，猶記得當時日記上，便是充滿了此類胡思亂想的句子。有一天，母親忽然聽懂了，她板著臉嚴肅地說：「不要胡思亂想。」

這是生命最早最早對於孤獨感的詢問。我感覺到這種孤獨感，所以發問，卻立刻被切斷了。

因為在儒家文化裡、在傳統的親子教養裡，沒有孤獨感的立足之地。

我開始變得怪怪的，把自己關在房間裡，不出來。母親便會找機會來敲門：「喝杯熱水。」或是「我燉了雞湯，出來喝。」她永遠不會覺得孤獨是重要的，反而覺得孤獨很危險，因為她不知道我在房間裡做什麼。

對青春期的我而言，孤獨是一種渴望，可以讓我與自己對話，或是從讀一本小說中摸索自己的人生。但大人卻在房外臆測著：這個小孩是不是生病了？他是不是有什麼問題？為什麼不出來？

張愛玲是個了不起的作家。她說，在傳統的中國社會裡，清晨五六點，你起來，如果不把房門打開，就表示你在家裡做壞事。以前讀張愛玲的小說，不容易了解，但她所成長的傳統社會就是如此。跟我同樣年齡的朋友，如果也是住在小鎮或是村落裡，應該會有串門子的記憶，大家串來串去的，從來沒有像現在說的隱私，要拜訪朋友前還要打個電話問：「我方不方便到你家？」以前的人不會這樣問。我記得阿姨來找媽媽時，連地址也不帶，從巷口就開始叫喊，一直叫到媽媽出去，把她們接進來。

儒家文化不談隱私，不注重個人的私密性。從許多傳統小說中，包括張愛玲的，都會提到新婚夫妻與父母同住，隔著一道薄薄的板壁，他們連晚上做愛，都不敢發出聲音。一個連私人空間都不允許的文化，當然也不存在孤獨感。

因而我要談的不是如何消除孤獨，而是如何完成孤獨，如何給予孤獨，如何尊重孤獨。

不允許孤獨

很多人認為儒家文化已經慢慢消失，我不以為然。時至今日，若是孤獨感仍然不被大眾所了解，若是個人隱私可以被公開在媒體上，任人指指點點，就表示儒家文化還是無遠弗屆。我在歐洲社會裡，很少看到個人隱私的公開，表示歐洲人對於孤獨、對於隱私的尊重，以及對於公領域與私領域的劃分，已經非常清楚，同時，他們也要求每一個個體必須承擔自己的孤獨。

我們可以從兩個方面來看這個問題，一方面我們不允許別人孤獨，另一方面我們害怕孤獨。我們不允許別人孤獨，所以要把別人從孤獨時刻裡拉出來，接受公共的檢視；同時我們也害怕孤獨，所以不斷地被迫去宣示：我不孤獨。

一九四九年，大陸經歷了一個翻天覆地的大革命，七〇年代我到歐洲讀書時，認識了很多從大陸出來的留學生，他們在五〇年代、六〇年代時都在大陸。他們告訴我：在任何反右運動中，都不要做第一個發言和最後一個發言的人，就看發言得差不多了，大概知道群體的意思時才發言，也不能做最後一個，因為容易受批判。

這是一個非常典型的儒家思想，沒有人敢特立獨行，大家都遵守著「中庸之道」，不做第一，也不做最後。儒家思想歌頌的是一種群體文化，我要特別申明的是，並不是認為歌頌群體的文化不好，事實上儒家思想是以農業為基礎，一定和群體有關。所謂的群體是指大家要共同遵守一些規則，社群才能有其生存的條件，特別是在窮困的農業社會中。而特立獨行是在破壞群體，就會受到群體的譴責。

五四運動是近代一個非常重要的分水嶺，代表著人性覺醒的過程。有時候我們稱它是白話文運動，但我不認為是這麼簡單。它所探討的是人性價值的改變，基本上就是對抗儒家文化、對抗群體。五四運動喊的兩個口號：德先生（民主）和賽先生（科學），其中德先生democracy，源自希臘文，意指即使是代表極少數的一個個體，都受到應有的尊重，這便是民主的基礎。但在群體中，無暇顧及少數的個體，不要說一個，就是三分之一的人，還是不如其他的三分之二。

魯迅是五四運動一個重要的小說家。他的小說〈離婚〉或〈在酒樓上〉，都是講一個孤獨者面對群體壓力時痛不欲生的包袱。〈狂人日記〉裡快發瘋的主角，他用了「禮教吃人」指控，村落中從三個男人議論一個女人的貞節，變成一群男人議論一個女人的貞節，最後不通過任何法律的審判，就在祠堂裡給她刀子、繩子和毒藥，叫她自己了結。這就是群體的公權力，遠大於任何法律。

沈從文在一九二〇年代也發表了一篇了不起的小說，講一個風和日麗，陽光燦爛的日子，一對男女在路上走，握著手，稍微靠近了一點，就被村人指責是傷風敗俗，抓去見縣太爺。縣太爺當下拍板說：「你們這對狗男女！」結果這是一對侗族的夫妻，不似漢族的壓抑，他們戀愛時就會唱歌、跳舞、牽手。我們現在讀沈從文的故事，會覺得很荒謬，竟然村人會勞師動眾，拿著刀斧出來，準備要砍殺這對狗男女，最後才發現他們是夫妻。

對抗群體文化

包括我自己在內，許多朋友剛到巴黎時會覺得很不習慣。巴黎的地鐵是面對面的四個座位，常常可以看到對面的情侶熱烈的親吻，甚至可以看到牽連的唾液，卻要假裝看不見，因為「關你什麼事？」這是他們的私領域，你看是你的不對，不是他們的不對。

情慾孤獨

他一直在出走，
因為作為一個社會心靈的思考者，
他必須保有長期的孤獨。

我每次看到這一幕，就會想起沈從文的小說。這是不同的文化對孤獨感的詮釋。

希臘神話裡的普羅米修斯（Prometheus）甘犯奧林匹克山上眾神的禁忌，將火帶到人間，因此受到宙斯的懲罰，以鐵鏈將他鎖銬在岩石上，早上老鷹會用利爪將他的胸口撕裂，嚼食他的心肝肺；到了晚上，傷口復元，長出新的心肝肺，忍受日復一日遭到獵食的痛苦。這是希臘神話中悲劇英雄（hero）的原型，但在現實社會中，我們從來不會覺得一個因為特立獨行而被凌遲至死的人是好人。

在魯迅的小說〈藥〉裡，寫的是秋瑾的故事。當時村子裡有個孩子生了肺病，村人相信醫治肺病唯一的方法，就是以用饅頭蘸了剛剛被砍頭的人所噴出來的血，吃下去。強烈的對比是這部小說驚心動魄之處，一方面是一個希望改變社會的人被斬首示眾；另一方面是愚昧的民眾，拿了個熱饅頭來蘸鮮血，回去給他的孩子吃。我相信，五四運動所要對抗的就是這一種存在於群體文化中，愚昧到驚人的東西，使孤獨的秋瑾走上刑場，值得嗎？她的血只能救助一個得肺癆的孩子？

魯迅的小說如〈狂人日記〉、〈藥〉等，都是在觸碰傳統社會所壓抑的孤獨感；他的散文更明顯，如以孤獨為主題的〈孤獨者〉等。魯迅是一個極度孤獨的人，孤獨使他一直在逃避群體，所以我們看到他作為一個作家、文學家，最重要的是他要維持他的特立獨行、維持他的孤獨感，因為他成名了，影響了那麼多人。他最早發表作品在《新青年》雜誌上，所以《新青年》這一批人便擁護他為旗手。可是孤獨者不能當旗手，一旦成為旗手，後面就會跟著一群人，孤獨成了矛盾，他必須出走。他走出去了，卻又被左翼聯盟推為領袖，共產黨並認為他是最好的文學家，他害怕被捲入群體之中，只好再次出走……

他一直在出走，因為作為一個社會心靈的思考者，他必須保有長期的孤獨。

破碎的孤獨感

前述是廣義的儒家文化，因為重視倫理之間的相互關係，會壓抑個體的孤獨感，使之無法表現。而漢武帝獨尊儒術以降，儒家文化就是正統文化，為歷代君主所推崇，祭孔成為君主的例行性行程，儒家文化不再只是一種哲學思想，因為政治力的滲入成為「儒教」，而成為維持群體架構的重要規範，連孔子也莫可奈何，在這樣的情況下，孤獨感是破碎的，個體完全無法與之抗衡。

幸好，我們還有老莊。老莊是比較鼓勵個人孤獨、走出去的思想，在莊子的哲學裡，明言「獨與天地精神往來」，一個人活著，孤獨地與天地精神對話，不是和人對話，這是在巨大的儒學傳統中的異端，不過這個了不起的聲音始終無法成為正統，只成為文人在辭官、失意、遭遇政治挫折而走向山水時，某一種心靈上的瀟灑而已，並沒有辦法形成一種完整的時代氛圍。

歷史上有幾個時代，如魏晉南北朝，儒教的勢力稍式微，出現了一些孤獨者如竹林七賢，可是這些時代不會成為如漢、唐、宋、元、明、清等「大時代」。我常對朋友說，讀竹林七賢的故事，就能看見中國在千年漫長的文化中鮮少出現的孤獨者的表情，但這些人的下場多半是悲慘的。他們生命裡的孤獨表現在行為上，不一定著書立說，也不一定會做大官，他們以個人的孤獨標舉對群體墮落的對抗。我最喜歡魏晉南北朝竹林七賢的「嘯」，這個字後來只保留在武俠小說，因為「俠」還保有最後的孤獨感，「士」則都走向官場了。

武俠小說裡也有巨大的孤獨感，所以許多人喜歡閱讀。你看黃藥師可不是一個怪人？所有金庸的人物都是如此，他們是孤獨的，閉關苦練著一個沒有人知道的招式，像古墓派的小龍女，何嘗不是一個「活死人」？所謂「活死人」就是要對抗所有活著的人，當活人不再是活人，死人才能活過來。這是一種顛覆的邏輯。我們都曾經很喜歡讀武俠小說，因為當小說中的人物走向高峰絕頂時，其實就是一種精神上的孤獨和荒涼。

尋找情慾孤獨的宣洩口

中學時代大概是我情慾最澎湃的時候。當時班上雖然也會流傳著一些黃色照片、黃色小說，但是不多。班上男同學一邊吃便當一邊看的是武俠小說，武俠小說遠比黃色小說多得多，很少有老師會知道這件事情。情慾是會轉換的，在極度的苦悶當中，會轉換成孤獨感，否則很難解釋這件事情，因為情慾的發洩很容易，看黃色照片、讀黃色小說可以輕易解決生理上的衝動，孤獨卻依舊在。我們常忽略了一件事：青少年時期情慾的轉化是非常精采的過程。

我比較特別，那個時候不是讀武俠小說，受姊姊的影響，讀了《紅樓夢》，讀了《簡愛》，讀了一些比較文學的作品，但情慾轉化的本質是相同的。情慾最低層次的表現就是看A片、看黃色小說，訴諸感官刺激，而感官刺激往往會使自己愈孤獨，所以轉為閱讀武俠或其他文學小說。

記得班上同學常常在研究要去哪裡拜師、台灣哪座山上可能有隱居高人、什麼樣的武功可以達到《達摩易筋經》的程度……有個同學還真的寫了一本厚厚的「達摩易筋經」出來。那是不可思議的情慾的轉換，他們在積極尋找生命的另一個出口。

女性的身體構造與心理和男性有很大的不同，我不太了解，但是如果我們能把那個時候流行看的《窗外》等小說，做個整理，應該也可以發現情慾轉換的端倪。

《窗外》說的是一個女子學校的學生愛戀老師的故事，通俗的劇情卻讓許多人落淚，這不是文學價值的問題，而是讀者心裡不可告人的孤獨感得到了初步層次的滿足。我講的是「初步層次」，它可以更高的，當我們面對孤獨的形式不一樣時，得到的答案也會不一樣。

所以談情慾孤獨，青少年是一個很重要的階段。如果說情慾孤獨是因為受到生理發育的影響，那麼傳統經典中有哪一些書是可以使情慾孤獨得到解答？《論語》嗎？《大學》嗎？《中庸》嗎？或是「十三經」的任何一部？也許《詩經》還有一點，「關關雎鳩，在河之洲，窈窕淑女，君子好逑」，借用鳥類來比喻男女的追求，可是到末了卻說：這是「后妃之德」，不是情慾。

傳統經典裡沒有情慾孤獨的存在，都被掩蓋了，那麼處在這個文化下的青少年，該如何解決他的孤獨？我現在回想起來，我的青少年時期就是在背《論語》、背《大學》、背《中庸》，這些絕對不是壞東西，但是和青春期的對話太少了。

反而是《紅樓夢》比較貼近當時的自己。當我看到十三歲的賈寶玉也有性幻想，甚至在第六回裡寫到了夢遺，我嚇了一跳，「寶玉怎麼會發生這種事？」即使現在看起來，很多人還是會覺得聳動。但這是一個誠實的作家，他告訴你寶玉十三歲了，一個十三歲的男孩發生這樣的事一點也不意外。然而，這是一部小說，一部在很長一段時間裡大人禁止小孩閱讀的小說。更有趣的是，我們看到十三歲的寶玉、黛玉偷偷看的書，是古典文學裡的《牡丹亭》、《西廂記》，他們兩個人偷看《西廂記》，後來鬧翻了，林黛玉說：「我去告訴舅舅，他一定會把你打個半死。」因為那是不能看的禁書。

若連最古典、最優雅的《牡丹亭》、《西廂記》都是禁書，我們就能窺見在傳統文化中情慾孤獨受到壓抑的嚴重性。

竹林七賢裡的孤獨

然而，歷朝歷代不乏有人對儒家教條提出反擊，如前面提到的竹林七賢，他們做了很大的顛覆，但是痛苦不堪；我提到了「嘯」這個字，口字邊再一個嚴肅的「肅」，那是一個孤獨的人走向群山萬豁間，張開口大叫出來的模樣。我們現在聽不到阮籍和其他竹林七賢的嘯，可是《世說新語》裡說，當阮籍長嘯時，山鳴谷應，震驚了所有的人，那種發自肺腑、令人熱淚盈眶的吶喊，我相信是非常動人的。很多人以為「嘯」是唱歌，其實不然，就像魯迅的集子取名「吶喊」一樣，都是從最大的壓抑中，狂吼出來的聲音。而這些孤獨者竟會相約到山林比賽發出這種不可思議的嘯聲，大家不妨看看《世說新語》，便會了解「嘯」其實是一個極其孤獨的字，後來保留在武俠小說《嘯傲江湖》中，但後人都以諧音字訛傳為「笑傲江湖」，不復見從心底嘶叫吶喊出的悲憤與傲氣。

竹林七賢一生沒有完成什麼偉大的事業，他們沒有達成儒家文化的要求，「為天地立心，為生民立命，為往聖繼絕學，為萬世開太平」，這句話從我五歲時開始背誦，但到了十三歲情慾混亂時，讀這些會讓內心翻攪的慾望沉澱嗎？當然不會，這些經典是偉大的思想，但不是一個青春期的孩子所需要去感受的。

沒有人告訴我們為什麼阮籍會跑到山林裡大叫？父母師長都不覺得阮籍在歷史裡是重要的人物。

特立獨行等於大逆不道

阮籍還有一則故事也很有趣。有一次他到朋友家，朋友不在妻子在，而這妻子長得特別美麗，阮籍沒有馬上告辭反而跟她聊得很開心，最後趴在桌上睡著了，因而鬧得沸沸騰騰，流言四起。後來這起流言傳到竹林七賢之一的耳裡，他不以為然地說：「阮籍哪裡遵守你們這些人的禮教啊？」

這裡面有一個很好玩的現象，到今天還是如此。美如果加上特立獨行，就會變成罪，記得小時候頭髮稍跟別人不一樣，就會受到指責，因為大家應該遵守共同的標準。例如我家有鬈髮的遺傳，常被誤會是燙髮，爸爸還曾經寫了一封信讓我帶給教官，證明鬈髮不是燙的，但教官把信揉了，大聲說：「你們還說謊。」那是我記憶中很深刻的事，為什麼頭髮不一樣有這麼嚴重？

大家有沒有發現，要求群體規則的社會，第一個害怕的歧異就是頭髮，不管是軍隊或是監獄，第一個要去除的就是頭髮，猶如神話中的大力士參孫，一剪了頭髮就沒有力氣，頭髮是一種象徵，是個體追求自由最微末的表現。所以清兵入關時，公告「留頭不留髮，留髮不留頭」，髮竟然和頭有同等的重要性。

高中時，女生流行穿迷你裙，我們經常在校外看到一個女生的裙子好短好短，可是一接近校門，她把寬皮帶解開，裙子竟然變長了！這是我第一次發現原來女生有這麼多祕密。

頭髮和裝扮是自己的事，但在群體社會裡，卻變成眾人之事。當群體思想大到一個程度時，沒有人敢跟別人不一樣；女孩子想要展露自己美麗的大腿，卻不願違反學校的規則，情願麻煩一點在進校門前解開皮帶。因為在這樣的規則下，特立獨行就是大逆不道。

然而，一個成熟的社會應該是鼓勵特立獨行，讓每一種特立獨行都能找到存在的價值，當群體對特立獨行做最大的壓抑時，人性便無法彰顯了。我們貢獻自己的勞動力給這個社會，同時也把生命價值的多元性犧牲了。

文化對情慾的壓抑

我最常講阮籍的四件事，除了登高長嘯、窮途而哭以及在朋友妻子前睡著了，還有一件事，是母親過世時，他不哭；按儒教傳統，即使要用錐子刺自己都是要哭的，不哭是不孝，真的哭不出來，也得請五子哭墓，但阮籍不哭，賓客弔喪時哭成一團，他無動於衷，等到賓客散盡，他突然吐血數升……這是他表現憂傷的方式，他認為母親過世是我自己的事，為什麼要哭給別人看？

但如果你仔細觀察，便會發現在群體文化中，婚禮喪禮都是表演，與真實的情感無關。

當中國傳統儒教的群體文化碰到個體（individual）就產生了竹林七賢，他們是特立獨行的個體，活得如此孤獨，甚至讓旁人覺得悲憫，而要問：「為什麼要這麼堅持呢？」

這個社會上的阮籍愈來愈少，就是因為這句話。我當老師的時候，也曾經對一個特立獨行的學生說：「你幹嘛這樣子？別人都不會。」說完，我突然覺得好害怕。

回想我在大學時，也曾經特立獨行，我的老師對我說過一樣的話。我不知道這句出於善意和愛的話，對孤獨者有什麼幫助？或者，反而是傷害了他們，讓他們的孤獨感無法出現。

近幾年來，我常在做懺悔和檢討。在大學任教這麼久，自認為是一個好老師，卻也曾經扮演過壓迫孤獨者的角色。有一次看到女學生為了參加舞會，清晨兩點鐘在圍牆鐵絲網上疊了六床棉被，一翻而過；我告訴她們要處罰背詩、寫書法，但不會報告教官。其實我心裡覺得她們很勇敢，但還是勸她們回去了，我不知道自己在做什麼（雖然後來她們還是跳出來了）。更有趣的是，這個鐵絲網曾經讓校長在校務會議上得意地對我說，這是德國進口猶太人集中營專用的圓形鐵絲網，各面都可以防範——可是二十歲上下的女孩子，你關都不關不住。

《牡丹亭》說的也是同樣的故事，十六歲的杜麗娘怎麼關都關不住，所以她遊園驚夢，她所驚的夢根本是個春夢。

後來如何大徹大悟呢？因為一個學生。學運剛剛開始，有個學生在校園裡貼了張布告，內容是對學校砍樹的事感到不滿，這個人是敢做敢當的二愣子，把自己的名字都寫了上去。認同的撫掌叫好，說他伸張正義，敢跟校長意見不同，還有人就在後面寫了一些下流的罵校長的話，但他們都沒有留名字，只有二愣子被抓去了。

學校決定要嚴辦此事，當時我是系主任便打電話給校長，校長說：「我要去開會，馬上要上飛機了。」我說：「你給我十分鐘，不然我馬上辭職。」後來我保住了這個學生，沒有受到處罰。但是當我把這個學生叫來時，他對我說：「你為什麼要這樣做？你為什麼不讓他們處罰我？」我到現在還在想這件事。

在群體文化裡，二愣子很容易受到傷害，因為他們很正直，有話直說，包括我在內，都是在傷害他。我用了我的權力去保護他，可是對他來講，他沒有做錯，為什麼不讓他據理力爭，去向校長、向訓導單位解釋清楚，讓他為自己辯白？

不管是爬牆的女孩，或是這個貼海報的學生，都是被我保護的，但是，我自以為是的保護，其實就是在傷害他們的孤獨感，使孤獨感無法完成——我在設法讓他們變得和群體一樣。

情慾孤獨

生命裡第一個愛戀的對象
應該是自己，
寫詩給自己，
與自己對話，
在一個空間裡安靜下來，
聆聽自己的心跳與呼吸。

如阮籍等人都是被逼到絕境時，他們的哭聲才震驚了整個文化，當時如果有人保護他們，他們便無法仰天長嘯。

活出孤獨感

竹林七賢之嵇康娶了公主為妻，是皇家的女婿，但他從沒有利用駙馬爺的身分得名得利，到了四十歲時遭小人陷害，說他違背社會禮俗，最後被押到刑場砍頭。他究竟做了什麼傷風敗俗的事？不過就是夏天穿著厚棉衣在柳樹下燒個火爐打鐵。這不是特立獨行嗎？這不是和群體的理性文化在對抗嗎？而這是法律在判案還是道德在判案？

嵇康被押上刑場的罪狀是：「上不臣天子，下不事王侯，輕時傲世，無益於今，有敗於俗」，這個罪狀留在歷史裡，變成所有人的共同罪狀——我們判了一個特立獨行者的死刑。

嵇康四十歲上了刑場，幸好有好友向秀為他寫了〈思舊賦〉，寫到他上刑場時，夕陽在天，人影在地。嵇康是一個美男子，身長八尺，面如冠玉，當他走出來時，所有人都被驚動，因為他是個大音樂家，在臨刑前，三千太學生還集體跪下求教，然而，嵇康彈了一曲〈廣陵散〉後嘆曰：「廣陵散於今絕矣！」

有人說，嵇康怎麼這麼自私，死前還不肯將曲譜留下？但嵇康說，不是每一個人都配聽〈廣陵散〉。如果活不出孤獨感，如果做不到特立獨行，藝術、美是沒有意義的，不過就是附庸風雅而已。

每次讀向秀寫的〈思舊賦〉總會為之動容，生命孤獨的出走，卻整個粉碎在群體文化的八股教條上。

竹林七賢的孤獨感，畢竟曾經在文化中爆放出一點點的光采，雖然很快就被掩蓋了，在一個大一統的文化權威下，個人很快就隱沒在群體中，竹林七賢變成了旁人不易理解的瘋子，除了瘋子誰會隨身帶把鋤頭，告訴別人，我萬一死了，立刻就可以把我給埋葬？

然而，孤獨感的確和死亡脫離不了關係。

生命本質的孤獨

儒家的群體文化避談死亡一如避談孤獨，一直影響到我母親那一代臘月不談「死」或諧音字的禁忌。即使不是臘月，我們也會用各種字來代替「死」，而不直接說出這個字，我們太害怕這個字，它明明是真實的終結，但我們還是會用其他的字代替：去世、過世、西歸、仙遊、升天……都是美化「死」的字辭。

死亡是生命本質的孤獨，無法克服的宿命。法國存在主義哲學家沙特說過，人從出生那一刻起，就開始走向死亡。他有一篇很精采的小說〈牆〉，寫人在面對死亡時的反應。他一直在探討死亡，死亡是這麼真實。莊子也談死亡，他最喜歡做的事就是凝視一個骷髏，最後他就枕著骷髏睡覺。睡著之後，骷髏就會對他說話，告訴他當年自己是個什麼樣的人。這是莊子迷人的地方，他會與死亡對話。

相反地，孔子好不容易有個特立獨行的學生，問他死亡是什麼？馬上就挨罵了：「未知生，焉知死」，可是，怎麼可能不問死亡呢？死亡是生命裡如此重要的事情，一個文化如果迴避了死亡，其實是蠻軟弱了。儒家文化固然有樂觀、積極、奮進的一面，但是我覺得儒家文化最大的致命傷，就是始終不敢正視死亡。

儒家談死亡非得拉到一個很大的課題上，如「捨生取義」、「殺身成仁」，唯有如此死亡才有意義。所以我們自小接受的訓練就是要用這樣的方式死亡，可是人的一生有多少次這種機會？

小時候我總是認為，如果看到有人溺水，就要不加思索地跳下去救他，不管自己會不會游泳，如果不幸溺死了，人們會為我立一個銅像，題上「捨生取義」。

一個很偉大的哲學最後變成一個很荒謬的教條。

如果在生命最危急的情況下，對其感到不忍、悲憫而去救助，甚至犧牲自己的生命，絕對是人性價值中最驚人的部分。但是，如果是為了要「成仁」而「殺身」，就變成一個值得思考的問題了。

就好比，如果我背上沒有「精忠報國」這四個字，我是不是就不用去報國了？

孤獨與倫理規範

忠、孝究竟是什麼？當我們在談孤獨感時，就必須重新思考這些我們以為已經很熟悉的倫理規範。文化的成熟，來自於多面向的觀察，而不是單向的論斷；儒家文化有其偉大之處，孔子的哲學也非常了不起，但當一個思想獨大之後，缺乏牽制和平衡，就會發生許多問題。檢視這些問題並非去否認問題，不能說「今日儒家文化已經式微了」，我們最底層的價值觀、倫理觀以及語言模式，在本質上都還是受儒家的影響，而這裡所說的「儒家」早已跳脫哲學的範疇，而是一種生活態度，就像我習慣在校園發現問題時，立刻以系主任的職權去維護學生，這也是「儒家」，為什麼我不讓它成為一個議題，公開討論？

在我們的社會中缺乏議題，包括情慾都可以成為一個議題。

從法國回來後，我的第一份工作是在私立大學任職，是校內十三位一級主管之一，當時學生如果要記大過，就必須開會，由十三位主管都同意簽字後才能通過。這件事通常是由訓導單位決定，到會議上只是做最後的確認，不會有太大的爭議。我第一年參加時看到一個案例，那是一九七七年發生的事，一個南部學生到北部讀書，在外租屋；房東寫了一封信給學校，說這個學生素行不良，趁他不在時勾引他的老婆，學校就以此為罪狀，要學生退學。我覺得應該要了解背後的因由，當下不願意簽字，當我提出看法時，聽到旁邊有個聲音說：「蔣先生畢竟是從法國回來的，性觀念比較開放。」

聽了，我嚇一跳，我還沒來得及說明，就已經被判定了。

不管是這個案例或是前面提到的自我反省，其實都是不自覺地受到群體文化的影響，許多事情都變成了「想當然耳」，即使事後發現不是如此，也不會有人去回想為什麼當初會「想當然耳」？

孤獨感的探討一定要回到自身，因為孤獨感是一種道德意識，非得以檢察自身為起點。群體的道德意識往往會變成對他人的指責，在西方，道德觀已經回歸到個體的自我檢視，對他人的批判不叫道德，對自己行為的反省才是。

蘇格拉底被判處死刑時，學生要他逃走，他在服刑和逃跑之間，選擇了飲下毒堇汁而死，因為他認為他的死刑是經過民主的投票，他必須遵守這樣子的道德意識，接受這樣子的結局。這才是道德，非如今日社會中，從上至下，不管是政治人物或市井小民，都在振振有辭地指著別人罵：不道德！

我相信，有一天，孤獨感會幫助我們重新回過頭來檢視道德意識，當其時道德情操才會萌芽。就像阮籍不在母親喪禮上哭，讓所有的人說他不孝，而看到他吐血的只有一個朋友，便把這件事寫在《世說新語》。他不是沒有道德，而是他不想讓道德情操變成一種表演。

當道德變成一種表演，就是作假，就會變成各種形態的演出，就會讓最沒有道德的人變成最有道德的人，語言和行為開始分離。

對生命的懷疑

我出版過一些書，談了美學、談過詩，寫了一些小說和散文，我想我最終的著作應該是一本懺悔錄。我相信，最好的文學是一本最誠實的自傳，目前我還沒有勇氣把它寫出來，但已經在醞釀，我也知道這會是我最重要的功課。我是要跳回去做一個和稀泥的人，去掩飾跳牆、記過的事件，還是要做阮籍或嵇康？

這就是我的選擇了。

我想，台灣應該是一個可以有距離的去對抗儒家文化傳統的地方，奈何我們既隔離在外，卻又以儒家正統文化自居，因為我們認為對岸破壞了儒家傳統，所以我們必須去承接，事實上我們所背負的包袱比對岸更重。所以我到上海時便發現，大陸在改革開放後，孤獨感一下子就跑出來了，特立獨行的個人也出現了……好像，台灣要發動在內心深層處的孤獨感革命更難了……

家庭、倫理的束縛之巨大，遠超於我們的想像。包括我自己，儘管說得冠冕堂皇，只要在八十四歲的媽媽面前，我又變回了小孩子，哪敢談什麼自我？談什麼情慾孤獨？她照樣站在門口和鄰居聊我小時候尿床的糗事，講得我無地自容，她只是若無其事地說：「這有什麼不能說的？」

其實，我母親和許多母親一樣，手上一直握有一把剪刀，專門剪孩子的頭髮，比中學時代教官手中那一把更厲害，這一把看不見的剪刀叫做「愛」或是「關心」。因為這把剪刀，母親成為我走向孤獨的最後一道關卡。

在我們的文化中，以「愛」、「關心」或是「孝」之名，其所做的任何決定都是對的，不允許相對的討論、懷疑——而沒有懷疑就無法萌生孤獨感，因為孤獨感就是生命對生命本身採取懷疑的態度。

我們活著真的有價值嗎？我不敢說。我也不敢說殺身一定成仁，捨生一定取義，魯迅寫的秋瑾殺身、捨生之後，其鮮血只是沾染了一顆饅頭，讓一個得肺癆的小孩食用，她甚至救不了他。這個了不起的文學家顛覆了儒家成仁、取義的觀念。

生命的意義

生命真的有意義嗎？儒家文化一定強調生命是有意義的，但對存在主義而言，存在是一種狀態，本質是存在以後慢慢找到的，沒有人可以決定你的本質，除了你自己。所以存在主義說「存在先於本質」，必須先意識到存在的孤獨感，才能找到生命的本質。

在七〇年代，我上大學的時候，存在主義是台灣非常風行的哲學，不管是透過戲劇、透過文學。例如當時有一部戲劇是貝克特的《等待果陀》，兩個人坐在荒原上，等待著一個叫做Godot（中文譯為果陀，Godot是從God演變而來，意指救世主）的人，等著等著，到戲劇結束都沒有等到。生命就是在荒蕪之中度過，神不會來，救世主不會來，生命的意義與價值也沒有來。我們當時看了，都感動得不得了。

從小到大，我們都以為生命是有意義的，父母、老師等所有的大人都在告訴我們這件事，包括我自己在當了老師之後，都必須傳遞這個訊息，我不能反問學生說：「如果生命沒有意義，值得活嗎？」但我相信，我如果這麼問，我和這個學生的關係就不會是師生，而是朋友，我們會有很多話可以講。

如果你問我：「生命沒有意義，你還要活嗎？」我不敢回答。文學裡常常會呈現一個無意義的人，但是他活著；卡夫卡的《蛻變》用一個變成甲蟲的人，反問我們：如果有一天我們變成一隻昆蟲，或是如魯迅〈狂人日記〉所說人就是昆蟲，那麼這個生命有沒有意義？我想，有沒有可能生命的意義就是在尋找意義的過程，你以為找到了反而失去意義，當你開始尋找時，那個狀態才是意義。現代的文學顛覆了過去「生下來就有意義」的想法，開始無止盡地尋找，很多人提出不同的看法，都不是最終的答案，直到現在人們還是沒有找到真正的答案。

陳凱歌的《黃土地》裡，那群生活在一個荒涼的土地上，像土一樣，甚至一輩子連名字都沒有的人，他們努力地活著，努力地相信活著是有意義的，或許就是另一種形式的生命意義。然而，不管生命的意義為何，如果強把自己的意義加在別人身上，那是非常恐怖的事。我相信，意義一定要自己去尋找。

如果嬰兒出世後，尚未接觸到母親前，就被注射一支針，結束了生命。那麼，他的生命有意義嗎？存在主義的小說家卡繆（**Albert Camus**）有過同樣的疑惑，他在小說裡提出，如果嬰兒立刻死掉，他會上天堂還是下地獄？他問的是生命非常底層的問題。

那個年代我們讀到這些書時，感到非常震撼，群體文化不會問出這樣的問題，因為會很痛，你看到所有的報導都是那麼荒謬，是誰惡意為之的嗎？不是，所以群體文化無法討論「荒謬」這個問題，而存在主義則把它視為重要的命題。

拋開結局的束縛

卡繆的《異鄉人》（*L'Étranger*）中，講述的是在法國發生的真實事件，**L'Étranger** 這個字中文譯為「異鄉人」，其實就是孤獨者的意思。故事敘述法國青年對一個阿拉伯人開了六槍，被當成謀殺犯送進監牢，但所有的審判都與他開這六槍無關，而是舉證他在為母親守喪時沒有掉淚，在母親的喪禮上，他未依禮俗反而打了一個花俏的領帶，以及在母親喪禮後，他便帶女朋友到海邊度假，並發生性關係。諸此種種便成為他獲判死刑的罪證。

行刑前，神父來了，告訴他要做最後的禱告和懺悔，靈魂還有機會上天堂。這個青年罵了一句粗話，說：「我就是開了這六槍，不要說那麼多了！」

如果大家有機會再去翻這本得過諾貝爾文學獎的小說，就會發現最後一章寫得真是漂亮。青年的囚車在黎明時出發，看見天上的星辰，他說他從未感覺到生命是如此飽滿，他忽然變成整部小說歌頌的英雄——從儒家和群體文化的角度來看，實在很難去認同殺人犯變成英雄的故事，這部小說在國外會得獎，但若是在國內，可能直至今日都無法獲得肯定，因為它的內容違背世俗的標準。

在國內不會有人以陳進興為主角，最後還把他寫成英雄，然而，小說的好或壞，不是結局的問題，而是生命形式的問題。這個形式裡的孤獨感、所有特立獨行的部分，會讓人性感到驚恐，應該有個小說家用文字去呈現他生命裡的點點滴滴。然而，我們不敢面對，我們甚至覺得知道太多生命的孤獨面，人會變壞。

有沒有這樣的印象？大人會說：「這本小說不能看，看了會變壞。」我認為，對人性的無知才是使人變壞的肇因，因為他不懂得悲憫。

在陳進興這則新聞裡，我印象最深的畫面，是他被槍斃後屍體送去摘取器官的過程，如果我要寫小說，大概會從這一段寫起。他對我而言，還是一個生命，而他在死亡，是生命與死亡的關係。我也要反駁群體文化中不知不覺的約束，使這些特立獨行的議題無疾而終。

我用「議題」而不是用「主角」，因為我們總認為「主角」一定是個好人。記不記得小時候看的電影，常常會在最後結局時，出現一行字：這個人作惡多端，終難逃法網恢恢。後來我再去看這些電影，發現那個主角已經逃走了，只是在當時的觀念裡，不加上這一句結尾，觀眾不能接受，因為惡人要有惡報，好人要有好報。

如果我們用先入為主的善惡觀去要求文學作品要「文以載道」時，文學就會失去過程的描述，只剩下結局。我從小受的作文訓練就是如此，先有結局，而且都是制式的結局，例如過去連寫郊遊的文章，最後還是要想起中國大陸幾億個受苦受難、水深火熱的同胞。

先有結局，就不會有思考、推論的過程。當我自己在寫小說時，我便得對抗自己從小訓練出來「先有結局」的觀念，而是假設自己就是小說裡的人物。這是往後我寫作的一條道路，我也希望不只是我個人，而是整個台灣在經歷這麼多事件後，足以成熟地讓人民思考，而不是用結局決定一切。

或許有人會說，現在小學生寫作文，已經不寫拯救大陸同胞的八股教條了，但是不是就有思考了呢？我很懷疑。事實上，今日社會事件的報導，甚至在餐廳裡聽到的對話，都還是先有結局。一到選舉時更明顯，都是先有結局再搜羅證據，如果真是這樣，人民的思考在哪裡？從過去到現在，人民的思考在原地踏步，好像他忽然從一個權威的體制裡跳出來，覺得過去都是很愚昧的，他氣得跳腳，以為跳向另一個極端。可是你仔細看，他跳腳的方式和當年某個偉人去世時跳腳的姿態是一樣的，並沒有改變。他還是用同樣的情緒在跳腳、在哭，只是偶像換了另外一個東西而已。如果這樣的話，人民的思考在哪裡？

個體的獨立性應該表現在敢於跳脫大眾的語言、說出懷疑和不同的思考方式，而不是結局或結論。我相信，我們的社會需要更多的孤獨者，更多的叛逆者，更多的阮籍和嵇康，勇於說出不一樣的話，但要注意的是，這不是結局；如果你認為這是結局，就會以為「他只是在作怪」，當你拋開結局的想法時，才能理解對方是在提出不同的想法。

邏輯（logic）一詞源於希臘文logos，就是「不同」的意思。你從正面，我從反面，以後才能「合」，才有思考可言。而如果只有一面倒的意見，思考便無由產生。我相信，好的文學要提供的就是一種「觸怒」。

孤獨是生命圓滿的開始

很有趣的是，在我自己出版的作品裡，銷路比較好的都是一些較為溫柔敦厚者。我有溫柔敦厚的一面，例如會幫助晚上跳牆的學生回去，寫在小說裡就是有一個皆大歡喜的圓滿結局。我也有叛逆的一面，如《因為孤獨的緣故》、《島嶼獨白》兩本作品，卻只獲得少數人的青睞——我很希望能與這些讀者交流，讓我更有自信維持自己的孤獨，因為我一直覺得，孤獨是生命圓滿的開始，沒有與自己獨處的經驗，不會懂得和別人相處。

所以，生命裡第一個愛戀的對象應該是自己，寫詩給自己，與自己對話，在一個空間裡安靜下來，聆聽自己的心跳與呼吸，我相信，這個生命走出去時不會慌張。相反地，一個在外面如無頭蒼蠅亂闖的生命，最怕孤獨。七〇年代，我在法國時讀到一篇報導，社會心理學家發現巴黎的上班族一回到家就打開電視、打開收音機，他們也不看也不聽，只是要有個聲音、影像在旁邊；這篇報導在探討都市化後的孤獨感，指出在工商社會裡的人們不敢面對自己。

我們也可以自我檢視一下，在沒有聲音的狀態下，你可以安靜多久？沒有電話、傳真，沒有電視、收音機，沒有電腦、沒有網路的環境中，你可以怡然自得嗎？

後來我再回到法國去，發現法國人使用電腦的情況不如台灣的普遍，我想那篇報導及早提醒了人與自己、與他人相處的重要性。所以現在你到巴黎去，會覺得很驚訝，他們家裡沒有電視，很少人會一天二十四小時帶著手機。

有時候你會發現，速度與深遠似乎是衝突的，當你可以和自己對話，慢慢地儲蓄一種情感、醞釀一種情感時，你便不再孤獨；而當你不能這麼做時，永遠都在孤獨的狀態，你跑得愈快，孤獨追得愈緊，你將不斷找尋柏拉圖寓言中的另外一半，卻總是覺得不對；即使最後終於找到「對的」另外一半，也失去耐心，匆匆就走了。

「對的」另外一半需要時間相處，匆匆來去無法辨認出另外一半的真正面目。我們往往會列出一堆條件來尋找符合的人，身高、體重、工作、薪水……，網路交友尤其明顯，只要輸入交友條件，便會跑出一長串的名單，可是感覺都不對。

凡所有你認為可以簡化的東西，其實都很難簡化，反而需要更多時間與空間。與自己對話，使這些外在的東西慢慢沉澱，你將會發現，每一個人都可以是你的另外一半。因為你會從他們身上找到一部分與生命另外一半相符合的東西，那時候你將更不孤獨，覺得生命更富有、更圓滿。

閱讀《金瓶梅》了解情慾孤獨

我們談情慾孤獨，出發點是一個非常本能的感官、性、器官、四肢……我們急於解放、使情慾不孤獨，不是今日才有的事，早從希臘時代開始人們就有這樣的渴望，中國在明代不也出現了《金瓶梅》。我常建議朋友要了解情慾孤獨，就要閱讀《金瓶梅》，張愛玲也同意，她認為《金瓶梅》比《紅樓夢》重要。

你在坊間看到的《金瓶梅》是刪節本，不能看到書的全貌，建議讀者去找萬曆年本的原著，你將會發現，明朝是建立商業文明的時代，商業一來感官的需求就會增加；台灣亦是如此，我記得小時候，台灣還是農業社會，情慾刺激比較少，雖然存在卻隱藏著，但是商業化之後，就變成一種行為，就變成到處可見的「檳榔西施」，情慾成為具體的視覺、聽覺刺激著每一個人，難以把持、快速地蔓延，逐漸變成我們今日所說的「色情氾濫」，在書攤上就可以看到各種圖象文字。

可是我們回過頭看明朝的《金瓶梅》，內容一樣讓人覺得瞠目結舌，你會發現感官刺激變成在玩弄身體。讓自己的情慾壓抑在釋放的臨界點是最過癮的，所以說痛快，痛快，有時候痛與快是連在一起。在《金瓶梅》中有些情慾就變成了虐待，以各種方式獲得肉體的快感。

然而，他們並不快樂。

《金瓶梅》、「檳榔西施」刺激的都是情慾的底層，無法紓解內心的孤獨感，實際上孤獨感的紓解必須透過更高層次的轉化，例如前面所說，我的中學時代男孩子們會看武俠小說來轉化情慾孤獨。

從小說談孤獨

談到情慾孤獨，我想用我的短篇小說集《因為孤獨的緣故》中第一篇小說〈熱死鸚鵡〉來談。這則故事是一個醫學院學生告訴我的，他暗戀著他的老師，這是他的隱私。我不會把它變成公共的事情，但是這個故事給我很大的震撼，讓我想把它寫成小說。

在學校任教，我有很多機會接觸學生，他們會把心事說給我聽，例如前面提到的那位女學生，當我聽到她用四種身分在網路上交友時，我蠻驚訝的，可是我不能表現出來。一旦我表現出驚訝，他們便不會再說。我只能傾聽，做一個安靜的聽者。

聽者是一個很迷人的角色。可以看到一個學生突然跑來，從一語不發到淚流滿面，可能得等他哭上一個鐘頭，消耗掉一包衛生紙後，才開始說一點點話，四個小時後，他才可能說得更多。

那個醫學院的學生告訴我，在解剖學的課上，他看著老教授的禿頭，聽著他用冷靜的聲音講孔德哲學和實驗研究的結果，感到一種前所未有的迷戀。當時的我無法了解，一個年輕人何以會對禿頭、稀疏的頭髮產生情慾上的迷戀，因為那並不是我會迷戀的東西。這就是孤獨感的一個特質——旁人無法了解，只有自己知道，而因為我們不了解，就會刻意將它隔離，於是整個社會的孤獨感因此而破碎。

在〈熱死鸚鵡〉裡，當這個醫學院的學生，聽到老師引用實證主義者的話，說：「你應該用絕對冷靜、客觀的心態去面對所有東西，不能沾帶任何主觀的道德情感，回到物質性的存在本質去做分析。」他開始檢查自己的身體。他發現之所以會迷戀他的老師，是因為老師將孔德的實證主義帶入他的世界，另一方面，他又覺得迷戀老師是一件很荒謬的事；迷戀是一個客觀的事實，他卻無法接受，因為這是不道德的。

小說裡一隻學人講話的鸚鵡熱死了，大家無法從解剖分析中找到牠熱死的原因，而在牠熱死前所說的三個字究竟是什麼？也引起各界的關切。不過小說最後沒有結局，鸚鵡只是一個符號！

鸚鵡的出現是因為寫作小說時，我到動物園玩，炎熱的夏天讓鸚鵡也熱暈了，站在那邊不動，我突然覺得很有意思。鸚鵡羽色鮮豔，非常搶眼，而牠又會學人說話，牠如果學了

「我愛你」，是學會了聲音還是學會了內容？而我們說話都有內容嗎？抑或不過是發音而已？

你或許也有這樣的經驗，和朋友聊天失神時，你看到朋友嘴巴一直動，聽不到他的聲音，可是又不會影響你繼續對話。

我想，人有一部分是人，一部分可能是鸚鵡，一部分的語言是有思維、有內容的，另一部分的語言則只是發音。我記得日本小津安二郎有一部電影，是說一對結婚多年的老夫婦，妻子已經習慣先生發出一個聲音後，她就會「嗨」跑過去，幫他拿個什麼東西。其中一幕是妻子老是覺得聽到丈夫在發出那個聲音，她一如往常「嗨」的答應跑去，但丈夫說：「我沒有叫妳。」一次、兩次，在第三次時，丈夫覺得他好像該讓妻子做點什麼了，所以在妻子出現時，對她說：「幫我拿個襪子吧。」所有的觀眾都看到，丈夫沒有發出那個聲音，但是妻子卻一直覺得丈夫在叫喚，或者她終其一生就是在等著丈夫的叫喚。

至今，我仍覺得這一幕非常動人。它其實不是語言，而是關係，我們和身邊最親近的人永遠都有一段關係，卡繆在《異鄉人》裡也寫到，他在巴黎街頭觀察帶寵物出門的人，他發現怎麼每一隻寵物都跟主人那麼像！這也是一段關係。

意識到身體的存在

我在〈熱死鸚鵡〉這篇小說裡，就用了鸚鵡作為一種符號，去代表醫學院學生某種無法紓解的情慾。他去度假、曬太陽回來，躺在床上撫摸自己的身體，想像手指是老師手上的解剖刀，劃過他年輕的二十歲的身體，骨骼、腰部、乳房……這絕對是情慾，但是糾結著他在解剖學裡學到的冷靜，也糾結著他自己無法抑制的熱情。他感覺到在精緻的肋骨包圍著一個如燈籠結構的體腔，裡面有心臟的跳動，牽動血液的循環，他還能感覺到自己的肺的呼吸、胃的蠕動，他在解剖自己，也在宣洩情慾，所以最後他射精了。

我在十六歲時讀《紅樓夢》，看到寶玉的遺精，嚇了一大跳，但這就是一個認知身體的過程，也許在好多好多年後才會爆發。情慾孤獨也可以說就是認知身體吧！在認知的過程中，不可避免地沾帶著兩種情緒，一個是絕對的客觀和冷靜，一個是不可解的與身體的糾纏。從死亡意識裡出來的身體，是一個肉體、軀殼，而死亡就是和身體告別。人要和身體告別很艱難，一來可能是因為長期使用產生的感情，一來也表示人們意識到「原來我的身體是現實存在的東西」。平常我們都只是在運用身體，卻沒有意識到它真正的存在。

我認為，真正的情慾就是徹底了解自己的身體，包括所有的部位，從外表看得到的到內臟器官，甚至分泌物，但不能先有結論。

或許有些人在〈熱死鸚鵡〉這篇小說裡，讀到了聳動的師生戀，有的人則是好奇鸚鵡死前說的三個字——當然，現在已經有很多人讀出書中以羅馬拼音留下的謎，那三個字就是「後現代」，調侃當時各界把「後現代」當作口頭禪的現象，沒有特別的意涵。新書發表時，大家對那三個字都很感興趣，我自己倒是沒有做什麼回應，我期望把這本書作為與孤獨者的對話，因為我蠻珍惜這種孤獨感，所以也沒有多談。

孤獨並非寂寞

孤獨和寂寞不一樣。寂寞會發慌，孤獨則是飽滿的，是莊子說的「獨與天地精神往來」，是確定生命與宇宙間的對話，已經到了最完美的狀態。這個「獨」，李白也用過，在〈月下獨酌〉裡，他說：「花間一壺酒，獨酌無相親；舉杯邀明月，對影成三人。」這是一種很自豪的孤獨，他不需要有人陪他喝酒，唯有孤獨才是圓滿的。又好比你面對汪洋大海或是登山到了頂峰，會產生一種「振衣千仞岡，濯足萬里流」的感覺，沒有任何事情會打擾，那是一種很圓滿的狀態。

所以我說孤獨是一種福氣，怕孤獨的人就會寂寞，愈是不想處於孤獨的狀態，愈是去碰觸人然後放棄，反而會錯失兩千年來你尋尋覓覓的另一半。有時候我會站在忠孝東路邊，看著人來人往，覺得城市比沙漠還要荒涼，每個人都靠得那麼近，但完全不知彼此的心事，與孤獨處在一種完全對立的位置，那是寂寞。

語言
孤獨

卷二

語言孤獨

每個人都在說，卻沒有人在聽。

語言孤獨

準確的語言本身是一種弔詭，
我們用各種方法使語言愈來愈準確，
語言就喪失了應有的彈性。

寫小說時，我常會涉獵一些動物學、人類學、社會學或是生理學的研究，我相信很多作者或是藝術創作者皆會如此。因為所謂文學或哲學、藝術，常被視為一種個人的思考方式，或是一種主觀的感受，如果引用動物學、生理學等科學知識，就能使作品更客觀，當然，這些知識不會影響創作本身。

有一個在熱帶地區從事研究的人類學家，他的一句話常被創作者引用，法文是coïtum animal triste，中文譯為「做愛後動物性感傷」。我覺得用「做愛」這個字並不準確，coïtum指的是「性的極度高潮」，不是情色的刺激而已，是生理學所界定的性快感的顛峰、可能會呼吸停止的一種狀態。

或許你也有過這種難以言喻的經歷，在高潮過後，感覺到巨大的空虛，一剎那間所有的期待和恐懼都消失了，如同死亡——前面提過，情慾孤獨的本質和死亡意識相似，在這個時候，你會發現緊緊擁抱的一方，完全無法與你溝通，你是一個全然孤獨的個體。

產後憂鬱症是另一種相似的狀況，很多婦人在生產後感到空虛，好像一個很飽滿的身體突然空掉了。有時候我們也會以「產後憂鬱症」形容一個完成偉大計畫的創作者，比如導演在戲劇落幕的那一刻，會陷入一種非理性的憂鬱狀態。

寫小說時，我不會想讀小說或文學作品，反而會亂翻一些奇怪的書籍，例如關於動物、人類生理結構的書，從書中發現一些東西，使其與作品產生一種有趣的連結，例如〈熱死鸚鵡〉以及接下來要談的〈舌頭考〉。

天馬行空的世界

在寫〈舌頭考〉之前，我讀到一些有趣的知識。

書上寫有些兩棲類動物會用舌頭舔卵，或是用舌頭將卵移到植物體上，使其在陽光下曝曬孵化。讀到這一段前，我從未想過舌頭會和生殖行為發生關係。我們都知道舌頭和語言的關係，但對動物而言，舌頭還有其他的用途。如果你也有過在草叢中觀察青蛙或蟾蜍的經驗，你會發現牠們的舌頭很驚人，可以伸得很長，且很精準地抓住飛行中的蚊子，捲進嘴裡。舌頭不完全是語言的功能，在許多動物身上，它是捕捉獵物的工具。

動物語言和舌頭的關係反而沒有那麼密切，我們常用狗吠、狼嚎、獅吼、鳥鳴來形容動物的聲音，說的就是牠們的語言，只是我們無法辨識。語言也許不是人類的專利，動物也會用不同的聲音去表達部分的行為，其中最重要的就是求偶或覓食，但相較之下，人類的語言複雜了許多。因為人類的語言極度要求準確，主詞、動詞、形容詞，每一個字詞的發音都要精準，所以我們會說「咬文嚼字」，在咬和嚼的過程中，舌頭扮演了很重要的角色。

舌頭也和器物有關。我在研究美術史的過程中，發現在春秋戰國時代的青銅器上，有一種舌頭很長的動物圖象，沒有人知道那是什麼動物，有人稱它為龍，有人說它是螭，又和一般所謂龍、螭的造形不同。如果你有機會到台北市南海路的歷史博物館參觀，你會看到有些青銅器兩邊的耳，會有一隻像爬蟲類的動物雕刻，舌頭和身體一樣長，青銅器的底座也有一隻吐舌的動物。

約莫在八、九〇年代，大陸文革之後，在湖南挖出一座高約一、二公尺的木雕鎮墓獸，有兩個紅綠燈般大的眼睛，中間拖了一條舌頭至兩腳之間，造形相當奇特。春秋戰國時代，從位於今日河南一帶的鄭國，到位於湖南一帶的楚國，都曾經大量出現吐舌的動物，其原因至今仍是一個謎。搞美術的人會說是為了玩造形，但我相信早期的人類在雕刻這些動物圖象時，關注祭祀、信仰的目的遠勝於造形，這些吐舌動物圖象應該具有特別的象徵意義。

不論如何，當我意圖寫一篇與舌頭有關的小說時，這些就成為我的題材。這是寫小說最大的樂趣，創作者可以莫須有之名，去組合人類尚且無法探討的新領域。

不管在西方或是在中國，以前小說都不是主流文化，因為不是主流文化，所以創作者可以用非主流的方式去談生命裡各種奇奇怪怪的東西，而不受主流文化的監視與局限，包括金聖嘆所謂四大才子書，或中國古典名著：《紅樓夢》、《水滸傳》、《三國演義》、《西遊記》，或是馬奎斯的《百年孤寂》，都是呈現一個天馬行空、無法歸類的世界。

當我開始寫〈舌頭考〉時，我走在街上、和人說話都聽不見任何聲音，只想觀察每個人臉上那個黑幽幽的洞口中跳動的舌頭。

每個人都在說，卻沒有人在聽

我發現人的語言很奇怪，可以從舌頭在口腔裡不同的部位發出不同的聲音，發展出複雜的、表意的行為工具。而且不同的語言系統，運用舌頭的方式也不同。當我們在學習不同的語言時，就會發現自己原來所使用的舌頭發音方式是有缺陷的，例如學法文時，很多人會覺得捲舌音發不出來，或者d和t、b和p的聲音很難區別。

話說回來，使用漢語系統的人，舌頭算是很靈活，尤其是和日本朋友比較時，你會發現他們的語言構造很簡單，所以當他們學習外語時會覺得相當困難，很多音都發不出來。許多人大概都聽過一個故事，五〇年代日本駐聯合國的大使，在會議上慷慨激昂地發表了一篇論文。說完，台下有人說：「請問您是否可以找人翻譯成英文呢？」這個日本大使很生氣地回答：「我剛剛說的就是英文。」

聽「不同的聲音」和聽「聽不懂的聲音」，都是相當有趣的事。什麼是「聽不懂的聲音」？舉例而言，你聽不懂布農族的話，當你置身在布農族的祭儀中，聽到所有人都在用布農族的語言交談時，你會發現你聽到的不是語言，而是音樂，是一種有邏輯結構的聲音，你會覺得很特別，甚至想用發出這種聲音的方式，去練習舌頭的動作。

我在大龍峒長大，從小就有機會接觸不同的語言，這裡大部分的居民以閩南語為母語，但也有少數的客家人。我家附近還有一個眷村，眷村裡的語言天南地北，有雲南話、貴州話……每一家媽媽罵孩子的聲音都不一樣，當時我就覺得語言的世界真是精采，雖然我聽不懂。

第一次因為聽不懂的語言感動，是在法國讀書的時候。我在巴黎的南邊租了一棟房子，是地鐵的最後一站，下車後還要走一段路。房東是寧波人，開餐館的。有一天，我聽到房東的媽媽，一個寧波老太太，和一個法國人在說話，說話速度很快。我第一年到法國，法文說得結結巴巴，很驚訝老太太能如此流利地與人對話，可是仔細一聽，原來她說的不是法文，是音調如同唱 Do Re Mi 的寧波話。

寧波老太太說寧波話，法國老太太說法文，兩個人說了很久很久，沒有任何衝突，沒有任何誤會——也沒有機會誤會，這是我第一次思考到，共同的語言是誤會的開始。我們會和人吵架、覺得對方聽不懂自己的心事，都是因為我們有共同的語言。

我的一個學生嫁給日本人，夫妻間的對話很有趣，主要的語言是英文，可是在對話中，也會夾雜著一點點的中文、一點點的日文；這一點點聽不懂的語言，反而讓他們的對話洋溢著幸福感。我突然覺得很羨慕，每天看到報紙新聞上的攻訐、批判、叫囂……好像都是因為他們使用同一種語言，如果他們說著互相聽不懂的話，也許會好一點。

很有趣的是，使用同一種語言為什麼還會因為「聽不懂」而產生誤會？很多時候是因為「不想聽」。當你預設立場對方一定會這麼說的時候，你可能一開始就決定不聽了，對方說再多，都無法進入你的耳裡。現在很多call in節目就是如此，每個人都在說，卻沒有人在聽，儘管他們使用的是同一種語言。

這是一種語言的無奈吧！好像自己變成在荒野上一個喃喃自語的怪物。

謹言慎行的民族

從動物的舌頭，到青銅器上的吐舌圖象，再到聽不懂的語言，醞釀出了這篇奇怪的小說〈舌頭考〉。

這篇作品也牽涉到蘇聯解體和現代中國處境等政治問題，同時我塑造了一個人物叫作呂湘，一個湖南的人類學者，藉他來闡述從楚墓裡挖出來的吐舌怪物，以及我對語言的興趣。

我在小說中杜撰了一個考古的發現：聯合國文教組織裡的一個考古小組在南美高地發現一具距今一千七百萬年前的雌性生物遺骸。這具骸骨出土後，人類學家要斷定它是動物、猿人或者人類；最大的區別就是人類的脊椎直立，偏偏這具遺骸的脊椎直立，又有一點點尾椎，有點像袋鼠後腿站立、用尾巴支撐身體的姿態。

這項發現在世界各地引起熱烈的研究，包括一位來自波羅的海愛沙尼亞的人種學教授烏里茲別克，當他在芝加哥的學術討論會上，以他左派的唯物史觀認定這是一具人類最早的母性遺骸時，全場譁然。這個情況有點像《小王子》裡，土耳其的天文學家發現了一顆行星，但因為他在發表時穿著土耳其的傳統服飾，太不符合學術界的規矩，所以沒有人相信他。

我們會發現學術界裡有一些外在的規矩，如同語言一般，流於一種形式，它不是檢定你的創意性、論證的正確性，而是一些外在架構。有參加過論文口試的人就會知道，口試委員所關心的往往是論文的索引、參考資料，而不是論文中你最引以為豪的創意。這又是一種荒謬，一切都是很外在的，包括語言，變成一種外在的模式符號，其內在的本質完全被遺忘。

在〈情慾孤獨〉裡，我提到了儒家文化不鼓勵孤獨，而這個巨大的道統其實也不鼓勵人們在語言上做精細修辭。孔子說過：「巧言令色，鮮矣仁。」他認為「仁」是生命裡最善良、最崇高的道德，而一個語言太好、表情太豐富的人，通常是不仁的。孔子的這句話影響了整個民族，變成說話時少有表情、語言也比較木訥。

這不就是我們小時候常常受到的訓誡：不能隨便講話。客人來時講太多話，父母會認為有失身分，等客人走就要受處罰。但小孩子哪裡知道什麼是有身分的話，什麼是沒有身分的話？最後就變成了不講話。

語言和文化習慣有很大的關聯，在希臘文化中有修辭學、邏輯學（logos），後者更是希臘哲學一個很重要的基礎。所以，你可以看到柏拉圖的哲學就是《對話錄》，即是語言的辯證。在西方，語言訓練從小開始，你可以看到他們的國會議員說話時，常常會讓人覺得嘆為觀止，然後納悶：「怎麼搞的？我們的立法委員不會有這樣的表現？」

相對地，孔子要求人的內在多於外在，如果有人講話講得很好聽，就要進一步「觀其行」，行為若不相符，他是無法接受的。

東西方對於語言的訓練，沒有絕對的好或不好，這是一個人如何去處理自己語言的問題。

忽視語言的儒家

春秋戰國的九流十家並不是都否定語言的重要性。公孫龍、惠施的「名家」學派，說的就是希臘人的邏輯學（邏輯學其實可以翻譯為「名家之學」，但我們現在用的是音譯）。名家有所謂「白馬非馬」的邏輯辯證，可是如果現在有個人指著一匹白色的馬告訴你：「這不是馬」，你會覺得很不耐煩，但這就是語言學。從語言邏輯來看，白馬和馬是兩個不同的概念，如果你會覺得不耐煩，那麼你就是很儒家。

「白馬非馬」探討的是辭類的問題，在希臘文化裡有嚴格的分別，然而在中國就變成了「巧言令色」。所以儒、道、墨、法等各家都有著述傳世，名學卻很難找到其經典，只有一些零散的篇章，如「白馬非馬」、「卵有毛」之類的寓言，都是名學學派發展出來對語言結構的討論。

西方符號學也是討論語言的結構，主張在檢驗思想內容前，要先檢驗語言的合理性，如果語言是不合理的，那麼說出來的也一定是錯誤的，必須先將錯誤處標示出來，然後去找到符號學的定論。我們的文化在這方面的檢驗很弱，所以你可以看到政治人物的語言都非常混亂，西方的政治人物使用語言很講究，因為隨時可能會被攻擊，可是我們對語言並沒有這麼嚴格的要求，使語言的含義經常是曖昧不明的。

莊子的哲學裡也有關於語言的討論。莊子和好朋友惠施有一段廣為人知的對話，他們在河邊看魚，莊子說：「你看，魚在水裡游，多麼快樂。」這句話很多人都會講，如果今天站在莊子旁邊的是孔子，一定不會如惠子一般回答：「子非魚，安知魚之樂？」這句問話就涉入語言的修辭學、符號學，惠子的用意是要讓莊子的問話接受邏輯驗證。

如果你身旁有個如惠子一樣的朋友，恐怕都不太敢講話了。可是莊子回答：「子非我，安知我不知魚之樂？」他依照惠子的邏輯推翻惠子的推論。接下來的對話都是邏輯辯證，在儒家道統眼裡是完全排斥、毫無意義的對話。我們可以推測，如果名家能夠壯大的話，或能彌補儒家文化對語言的忽視。

儒家文化不講究語言的精準性，基本上儒家的語言是接近詩的語言，是一種心靈上的感悟，把語言簡化到一個非常單純的狀態。

語言的局限性

人類的語言文字可以有兩種極端的發展，一端是發展成為「詩」，另一端就是發展為法律條文。法律條文務求精密準確，以分明的條目來阻絕任何曖昧性。所以現在國際法、公約等通用的語文是法文，因為法文在辭類的界定上是全世界最嚴格的語言。而中國語文則是最不精確的、最模糊的，但它非常美，美常常是不準確，準確往往不美，所以不會有人說《六法全書》很美，卻很多人認同《詩經》很美。

孔子本來就不喜歡法律，還記得《論語》裡有一篇提到一個孩子的爸爸偷了羊，這個孩子理直氣壯地去告了爸爸，孔子相當不以為然，他認為連兒子都會告爸爸的社會，已經不是他所嚮往的。他重視的是什麼？還是倫理和道德。可是兒子告爸爸是法律，而法律一直在做的就是語言文字的防範，防範到最後就沒有多餘的可能性，可以容納人性裡最迷人的東西以及孔子主張的仁義道德。

語言孤獨

有時候
你其實不是想問什麼，
而是要
打破一種孤獨感或是冷漠。

當我們以儒家為正統的文化主流時，語言必然會走向詩，而不是走向法律條文。因此，嵇康四十歲被拖上刑場，理由是「上不臣天子，下不事王侯，輕時傲世，無益於今，有敗於俗。」其罪狀讀起來就像一首詩，像這樣的罪狀在中國歷史上屢見不鮮，甚至可能只有三個字：「莫須有」，這都是受傳統中國法律不彰及語言不講究的牽連。

一直以來，我覺得很矛盾，到底語言應該是像希臘語、像法語一樣的精準，或者在潛意識裡我其實是得到一種顛覆準確語言的快樂，因為我感覺到準確的語言本身是一種弔詭，我們用各種方法使語言愈來愈準確，當語言愈來愈準確，幾乎是沒有第二種模棱兩可的含義時，語言就喪失了應有的彈性，語言作為一個傳達意思、心事的工具，就會受到很大的局限。再者，寫小說、文學作品，本來就在顛覆語言的各種可能性，你覺得「應該是這個樣子」就偏不是「那個樣子」。

問渠哪得清如許，為有源頭活水來

有人會問，語言不是因為思想而生的嗎？我們應該顛覆的是語言還是思想？

語言一開始的確為了表達思想，你看小孩子牙牙學語時，他要表達自己的意思是那麼的困難，這是先有內容才有語言的形式。可是我們不要忘了，今天我們的語言已經流利到忘了背後有思想。我在公共場合看到有人嘰哩呱啦地說話，嘴巴一直動，我相信他的語言背後可以沒有思想。

有時候我很害怕自己會變成那樣，淪為一種語言的慣性，尤其是站在講台上教書時，特別恐懼語言的模式化。就像參加喪禮的時候，司儀朗誦奠文，我永遠只聽得懂前面民國幾年幾月幾日及最後的嗚呼哀哉，中間完全聽不懂，可是那音調多麼跌宕起伏、鏗鏘有力呀！這就是語言模式化的結果，他不在乎人們是否能聽懂，只是要把它唸完。

我們都應該讓自己有機會從概念的語言逃開，檢查自己的語言，「問渠哪得清如許，為有源頭活水來」，使語言保持在「活水」的狀態，語言便不會僵死。

前幾天，我和幾個朋友聚在一起，有人問我：「你記不記得以前我們開週會時要呼的口號：十二青年守則？」我記得第一條是忠勇為愛國之本，最後一條是有恆為成功之本，中間呢？

幾個人東一句西一句還是湊不齊十二條守則，這原本是我們每天要唸的東西，因為模式化之後，語言和思想分離了，只剩下聲音，而這些聲音無法在生命中產生意義。

六祖惠能顛覆語言

所以我們需要顛覆，使語言不僵化、不死亡。任何語言都必須被顛覆，不只是儒家群體文化的語言，即使是名學或希臘的邏輯學亦同，符號學就是在顛覆邏輯，如果名學成為中國的道統，也需要被顛覆。新一代的文學顛覆舊一代文學，使它「破」，然後才能重新整理，產生新的意義。

宋代文學開始出現另一支系統，即所謂的「公案文學」，何嘗不是一種顛覆？

公案文學可說是中國白話文學的發軔。佛法發展至中國唐朝已逐漸模式化，包括佛經的翻譯、佛說法的內容，皆不復見悲憫與人性的關懷，讀佛經的人可以「觀自在菩薩行深般若波羅蜜多時照見五蘊皆空度一切苦厄舍利子色不異空空不異色……」一直唸下去沒有阻礙，聲音中沒有感情，沒有讓人心動的東西，就是讀一部佛經。

於是有了禪宗，一個不相信語言的教派，他認為所有的語言都是誤會，所有的語言都會使修行者走向一個更荒謬、背叛修行的道路，所以最後不用語言也不用文字，把佛法大義變成一則一則的公案，以簡單、易懂的白話弘揚佛法。

禪宗可以溯源自釋迦牟尼佛拈花微笑的故事。當釋迦牟尼佛拿起一朵花給大弟子迦葉，不講一句話，把這朵花傳下去，迦葉笑了，心心相印，完全不需要語言。達摩初祖是禪宗的第一代，他從印度到中國來，在少林寺苦修面壁九年，不用語言文字傳道，而是以行為。

苦修面壁的沉默，就是一個人的孤獨語言，他在尋求什麼？只有自己知道。當你靜下來，處於孤獨的狀態，內心的語言就會浮現，你不是在跟別人溝通，而是與自己溝通時，語言會呈現另一種狀態。所以不管禪宗或西方教派，都有閉關的儀式（天主教叫閉靜、靜修），參加的人通常在第一天會很難過，有人形容是快瘋掉了，可是達摩就是透過這個方式，讓語言從一種向外的行為變成一種向內的行為，而將佛法傳遞給二祖、三祖、四祖、五祖，直到六祖惠能。

五祖弘忍傳六祖惠能的故事是對語言最精采的顛覆。禪宗到了五祖弘忍時已經變成大教派，眾多弟子想要承其衣缽，爭奪法嗣的繼承權，所以五祖弘忍在找接班人時很苦惱。這一段故事記錄在《六祖壇經》中，讀起來像武俠小說，看眾僧爭奪六祖地位，如同武俠小說裡爭奪武林盟主，我想五祖在尋找的過程中，也會有一種孤獨感，因為他找不到一個能超脫語言文字真正悟道的人。

在眾多接班人選中，神秀呼聲最高，他寫了一首偈：「身是菩提樹，心如明鏡台，時時勤拂拭，莫使惹塵埃」，弟子們爭相背誦，五祖聽了不表示意見，繼續讓大家去猜。這首偈傳開了，傳到廚房一個叫惠能的伙頭師父耳中，這個每天劈柴煮飯，不識字的文盲和尚，沒有機會聽到佛經，也沒有機會接觸上層階級的文化，卻馬上回答：「菩提本無樹，明鏡亦非台，本來無一物，何處惹塵埃？」修行者若怕髒，修行的意義何在？

五祖聽到惠能的偈，依舊不動聲色，口頭上說了一句：「胡說！」然後在惠能頭上敲了三下，背著手就走了。故事發展到這邊就變成神話了，惠能因為被敲了三記竟懂了五祖的意思，夜半三更跑去敲他後門。要注意的是，這裡唯一的語言就是「胡說」，其他都是行為動作。

惠能夜半三更去敲五祖弘忍的門，五祖叫他坐下來，唸《金剛經》給他聽，因為傳法最重要的就是《金剛經》，唸到「應無所住而生其心」（沒有留念、沒有執著才能生出慈悲心）時，惠能這個大膽的伙頭和尚就跟弘忍說：「師父，我懂了，你不用講了。」五祖真的不講了，立刻將袈裟和缽拿給他，要他立刻逃走，以免被人追殺，五祖告訴他，必要時連衣缽都可以不要，「帶法南傳，遇梅則止」，後來惠能就在廣東黃梅傳教，成為新一派的禪宗——南宗。

南宗系統是由一個不識字的人發展出來的，無異是對唐朝正統文化的嘲笑，這麼多人在架構一個語言、文字的體系，結果被一個劈柴師父所顛覆，並因為顛覆開創新的格局。

何謂語言孤獨？

語言孤獨係產生於一個沒有絲毫顛覆可能性的正統文化下，而這個正統文化必然僵死，包括所有的學院、道統、政黨都是如此，一個有入有出的文化結構，才能讓語言有思辨的能力，惠能就是對語言文字產生了思辨性，使他對於語言、對於佛法的存在，保持著一種懷疑的態度，始能回到自身去思考佛法是什麼？語言是什麼？

惠能在逃亡的過程中，連五祖傳承給他的衣缽都弄丟了，後來躲在獵戶之中，獵戶吃肉，他就吃肉邊菜，打破了佛教茹素的清規，但「本來無一物，何處惹塵埃」，惠能自知心中有法，外在的形式都不重要了。

後來六祖惠能的金身供奉在韶關南華寺，我到寺裡參觀時，看到許多人一入寺便行五體投地跪拜大禮，我想，惠能應該不想要這些吧！

在禪宗公案中，有許多易懂非懂的對話。例如一個小徒弟可憐兮兮地跟著師父旁邊問：「師父，什麼是佛法？」老師父老是賣關子，不肯對小徒弟說。最後師父問他：「吃飯了沒有？」

「吃飯了。」

「那就去洗碗。」

這就是公案了。你去翻一下《指月錄》，裡面都是這樣的例子。說的就是如何讓語言回到生活、回到更樸實的白話。我們到日本禪宗的寺院會看到「喫茶去」三個字，這也是白話。常常你問什麼是佛法大義，他就說：「喫茶去」，表面上說的與問的無關，實際上他給了一個顛覆性的答案。

如果沒有禪宗的顛覆，佛法到了唐朝已經變成固化的知識體系，接下去就會變成一種假象。西方的宗教也同樣經過顛覆，基督教在文藝復興時期最重要的顛覆是聖方濟（San Francesco），就是用當時義大利的土語寫了一些歌謠，讓大家去唱，把難懂的拉丁文《聖經》變成幾首歌，顛覆了整個基督教系統。

這些都和語言的顛覆有關，可是語言的顛覆並不是那麼容易拿捏，就像年輕人在電腦網路上所使用的火星語言文字，有些人感嘆這代表了國文程度退步了，有時候我會想，禪宗的公案在唐宋時代，應該也是被當成國文程度退步的象徵吧！因為他用的都是很粗俗的民間白話，並不是典雅的文字，直到唐朝玄奘大師翻譯佛經都是用典雅的文字，但禪宗公案一出來，就是質樸得不得了的白話，從《指月錄》和《景德傳燈錄》可見一斑。

藉著語言打破孤獨感

於是我們可以重新思考，語言究竟要達到什麼樣的精準度，才能夠真正傳達我們的思想、情感？我們與親近的人，如夫妻之間，所使用的又是什麼樣的語言？

關於夫妻之間的語言，《水滸傳》裡的「烏龍院」有很生動的描繪。人稱「及時雨」的宋江看到路邊一個老婆子牽著女兒要賣身葬父，立刻伸出援手，但他不願趁人之危，娶女孩為妾，老婆子卻說非娶不可，兩個人推來送去，宋江最後還是接受了。他買下烏龍院金屋藏嬌，偶爾就去陪陪這個叫做閻惜姣的女孩，因為怕人說背後話，常常是偷偷摸摸。閻惜姣覺得自己這麼年輕就跟了一個糟老頭，又怕兮兮的，愛來不來，很不甘心。一日宋江事忙，派了學生張文遠去探視閻惜姣，兩個年輕人你一言我一語就好起來了，變成張文遠常常去找閻惜姣。流言傳進了宋江的耳朵，打定主意去烏龍院探查。

閻惜姣對宋江是既感恩又憎恨，感恩他出錢葬父，又憎恨大好青春埋在他手裡，所以對他說話便不客氣。那天宋江進來時，閻惜姣正在繡花，不理宋江，讓宋江很尷尬，不知要做什麼，只能在那裡走來走去，後來他不得不找話，他就說：「大姐啊，妳手上拿著的是什麼？」（「大姐」是夫妻之間的暱稱，可是讓一個中年男子喚一個小女孩「大姐」，就非常有趣了。）閻惜姣白了他一眼，覺得他很無聊，故意回他：「杯子啊！」宋江說：「明明是鞋子，妳怎麼說是杯子呢？」閻惜姣看著他：「你明明知道，為什麼要問？」

這部小說就是把語言玩得這麼妙。想想看，我們和家人、朋友之間，用了多少像這樣的語言？有時候你其實不是想問什麼，而是要打破一種孤獨感或是冷漠，就會用語言一直講話。

宋江又問：「大姐，妳白天都在做什麼？」他當然是在探閻惜姣的口風，閻惜姣回答：「我幹什麼？我左手拿了一個蒜瓣，右手拿一杯涼水，我咬一口蒜瓣喝一口涼水，咬一口蒜瓣喝一口涼水，從東邊走到西邊，從西邊走到東邊……」這真的是非常有趣的一段話，閻惜姣要傳達的就是「無聊」兩字，卻用了一些沒有意義的語言拐彎抹角地陳述。

像這樣不是很有意義的語言，實際上充滿了我們的每一天、每一分、每一秒。

《水滸傳》是一本真實的好小說，可是我不敢多看，因為它也是一本很殘酷的書，寫人性寫到血淋淋，不讓人有溫暖的感覺，是撕開來的、揭發的，它讓人看到人性荒涼的極致。

相較之下，日本導演小津安二郎（Ozu Yasujiro）把這種無意義的語言模式詮釋得溫暖許多。他有一部電影《早安》，劇情就是重複著早安、晚安的問候。接觸過日本文化的朋友就會知道，日本人的敬語、禮數特別多，一見面就要問好，電影裡有一個小孩就很納悶，大人為什麼要這麼無聊，每天都在說同樣的話？

事實上，這些禮數敬語建立了一個不可知的人際網路，既不親，也不疏，而是在親疏之間的禮節。

但這種感覺蠻孤獨的。我們希望用語言拉近彼此的距離，卻又怕褻瀆，如果不夠親近，又會疏遠，於是我們用的語言變得很尷尬。在電影中呈現的就是這種「孤獨的溫暖」，因為當你站在火車月台上，大家就會互相鞠躬道早，日復一日重複著這些敬語、禮數，可是永遠不會交換內心的心事。

大家可以比較一下《水滸傳》的烏龍院那段與小津安二郎的電影《早安》，兩者都是無意義語言。我稱它為「無意義語言」，是因為拿掉這些語言，並不會改變說話的內容，但是拿掉這些語言後，生命到底會發生什麼樣的變化？我不知道。

《水滸傳》是用較殘酷的方式，告訴我們：不如拿掉吧！最後宋江在烏龍院裡殺了閻惜姣，是被逼迫的，使他必須以悲劇的方式，了結這一段無聊的生活、不可能維繫的婚姻關係。而小津安二郎則是讓一個男子在火車上愛上一個女子，在劇末他走到她身邊，說：「早安！」說完，抬頭看天，再說：「天氣好啊！」就這樣結束，讓你覺得無限溫暖，實際上他什麼也沒講。

從這裡也可以看到，最好的文學常常會運用語言的顛覆性，我們常常會覺得文學應該是藉語言和文字去傳達作者的意思、理想、人生觀。是，的確是，但絕不是簡單的平鋪直述而已。

倚賴變成障礙

有一個非常好的文學評論家講過一句話：「看一本小說，不要看他寫了什麼，要看他沒有寫什麼。如同你聽朋友說話，不要聽他講了什麼，要聽他沒有講什麼。」

很了不起的一句話，對不對？

我相信人最深最深的心事，在語言裡面是羞於見人的，所以它都是偽裝過的，隨著時間、空間、環境、角色而改變。語言本身沒有絕對的意義，它必須放到一個情境裡去解讀，而所有對語言的倚賴，最後都會變成語言的障礙。

寫〈舌頭考〉這篇小說時，寫到呂湘參加聯合國的會議，在會議中他看到來自愛沙尼亞的烏里茲別克教授受到資本主義社會學者的嘲笑，蘇聯、東歐等共產國家便聯合退席抗議，他不知道自己應該站在哪一邊，要退席呢？還是留下來？他所反映的就是當時中國的處境，既是共產國家，又已經和老大哥鬧翻，進退兩難。

呂湘一生總是在考慮「要站對邊」這件事，導致在文化大革命中他站錯邊的悲劇下場，被關在牛棚裡，挨餓了很久。

文化大革命期間，呂湘坐過三年的牢。有一陣子，紅衛兵搞武鬥，雞犬不寧，呂湘給關在牢裡忘了，餓了好幾天。他昏沉沉在牢裡覺得自己已經死了。死了的時候從胃中上騰一種空乏的熱氣。他知道，是胃在自己消化自己。呂湘有點害怕，便開始啃牢房上的木門。像小時候看老鼠嚙咬木箱一樣。把一塊一塊的木屑嚼碎，嚼成一種類似米漿的稠黏液體，再慢慢吞嚥下去。

大陸文革的主角紅衛兵都是些十幾歲的孩子，當他們把呂湘鬥進牛棚裡，又去鬥另一個人時，就把呂湘給忘了，讓他待在牛棚裡啃木頭，活了一段期間，這時候他開始思考語言這個東西。

外面的年月也不知變成什麼樣子。呂湘覺得解決了「吃」的物質問題之後，應該有一點「精神」生活。

他於是開始試圖和自己說話。

呂湘在很長的時間中練習著舌頭和口腔相互變位下造成發聲的不同。

這非得有超人的耐心和學者推理的細密心思不可。

到了文革後期，出獄之後的呂湘練就了一種沒有人知道的絕活。他可以經由科學的對舌頭以及唇齒的分析控制，發出完全準確的不同的聲音。

我們小時候都曾經玩過這樣的遊戲，模仿老師或是父母的聲音，而有些人確實模仿得很像，就像鸚鵡一樣，但是他只是準確地掌控了聲音，沒有內容。

玩起語言遊戲

一個人無事的夜晚，他便坐起來，把曾經在文革期間批鬥他的所有的話一一再模仿一次。男的、女的、老的、少的，那嗓音還沒變老的小紅衛兵，缺了牙的街坊大娘……呂湘一人兼飾數角地玩一整夜。

寫作期間，我認識很多文革後的大陸作家、朋友，他們都有一個共同的經驗：找到一種讓自己活下來的方法，而這些方法有時候荒謬到難以想像，它其實是一種遊戲，甚至也是一種絕活。周文王遭到幽禁時寫出《周易》，司馬遷受到宮刑之後完成《史記》，人在受到最大的災難時，生命會因為所受到的局限擠壓出無法想像的潛能，呂湘亦同，在一個人被囚禁的寂寞中，他開始與自己玩起了語言的遊戲。

小時候我很喜歡在大龍峒的保安宮前看布袋戲，尤其喜歡站在後台看，發現前台的各種角色，貂蟬、呂布、董卓其實都是操作在同一個人的手裡，那個人通常是個老先生，當他換上貂蟬的人偶時，老先生的聲音、動作都變得嬌滴滴，不只是動偶的手，連屁股都扭了起來。

你會看到，人在轉換角色的時候，整個語言模式和內心的狀況，是一起改變的。

這類的偶戲在西方也有，我在東歐的布拉格看過，日本也有一種「文樂」，也是偶戲的一種。搬演偶戲的人身上有一種非常奇特的東西，如黃海岱，這麼大把年紀，但在搬演過程中，可以瞬間轉換為一個十五、六歲嬌俏的小女孩。我寫呂湘時，思緒回到小時候看布袋戲的經驗，想像他在模擬別人批鬥他的神情，如同操作一具人偶。不同的是，他把這些聲音變成一捲錄音帶，不斷地倒帶，在一生中不斷地重複，好像他也必須靠著這些當年折磨過他的語言活下去，即使文革結束了，慣性仍未停止。

我們常常不知道哪些語言是一定要的，有時候那些折磨我們的語言，可以變成生命裡另一種不可知的救贖。大概也只有小說，可以用顛覆性的手法去觸碰這樣的議題。

呂湘，你還賴活著嗎？

呂湘，看看你的嘴臉，你對得起人民嗎？

呂湘，站出來！

呂湘，看看你的所謂「文章」，全無思想，文字鄙陋！

呂湘！呂湘……

這些聲音、這些嘴臉是他在鬥爭大會上所看到，在牛棚裡一一模仿的，慢慢地這些聲音消失，變成他自己的聲音，變成一個人類學學者研究語言的範例，他開始思考語言是什麼東西？他很仔細地觀察舌頭和聲音的關係。

那些聲音，多麼真實，在黑暗的夜裡靜靜地迴盪著。住在隔壁的呂湘的母親常常一大早爬起來就說：「你昨晚又做夢啦？一個人嘀嘀咕咕的……」

但是，那麼多不同的聲音只來自一個簡單的對舌頭部位發聲的科學分析原則而已。舌頭在發聲上的變化看來極複雜，但是其實準則只有幾個。大部分的發聲和情緒的喜怒哀樂有關。因此，舌頭發聲雖然只依靠口腔的變位，但是，事實上是牽動了全部臉頰上乃至於全身的肌肉。

呂湘在這一系列關於舌頭的探索中最後發現連聲音有時都是假的。

聲音表情都是假的

我相信經歷過文革的人都知道聲音是假的，有時候只是虛張聲勢。有一個朋友告訴我，他生平最感謝的一個人，是在文革批鬥大會上，搶過別人手上的鞭子，狠狠抽他的朋友。原本他在那場批鬥大會上是必死無疑，朋友知道後，故意搶過鞭子，說出最惡毒的話，將他抽打得全身是血，送到醫院，才保住他的性命。他說，那些惡毒的話和不斷揚起落下的鞭子，讓他感覺到無比的溫暖。

我聽他說這些話時，覺得毛骨悚然。

但事實上，在中國古代的戲劇裡也有相似的情節。《趙氏孤兒》裡的公孫杵臼和程嬰為了保護趙盾的遺孤，程嬰犧牲自己的兒子頂替獻出，由公孫杵臼假意收留，程嬰再去告密。

然而，奸人屠岸賈懷疑兩人串通，要程嬰親手鞭打公孫杵臼。為取得屠岸賈的信任，程嬰將公孫杵臼打得血肉橫飛，最後公孫杵臼被斬首，而屠岸賈則視程嬰為心腹，並收他的兒子（真正的趙氏孤兒）為義子。十六年後，趙家遺孤長大了，從程嬰口中得知家族血淚史，便殺義父屠岸賈報仇。

我很喜歡經歷過文革那一代的大陸學者，他們所擁有的不只是學問，而是學問加上人生的歷練，糾結成一種非常動人的東西。有時候你看他裝瘋賣傻，圓滑得不得了，可是從不隨便透露內心裡最深層的部分，你無法從他的表情和聲音裡去察覺他真正的心意。

感覺的轉換

因此，呂湘進一步的研究就是在黑暗中不經由發聲而用觸覺去認識自己模仿不同罵人口形時臉部肌肉的變化。

寫這部小說時，我自己會玩很多遊戲，例如用觸覺替代聽覺。我曾經在史丹佛大學教學生漢語時，教學生用手指頭放在嘴裡去感覺舌頭的位置，雖然不發聲，但是只要舌頭位置放對了，就可以發出正確的聲音。這是一種語言教學法，可以矯正學生為了發出和老師一樣的聲音而用錯發音方式，先讓學生學會舌頭發音的位置，例如舌尖放在牙齦底下，先用手去感覺，最後再發聲。呂湘在做的就是這個動作。

我們都知道海倫．凱勒，她聽不到聲音，可是她針對貝多芬的《命運交響曲》寫過一篇偉大的評論。她用手放在音箱上，隨著節奏、旋律所產生的振動，用觸覺去聽，再寫出她的感覺。她證明了人類的感覺是可以互相轉換，聽覺不只是聽覺，也可以變成觸覺。尤其在漢文系統裡，任何一個聲音都是有質感的，我們說這個人講話「鏗鏘有力」，是說語言有金屬的質感；我們說這個人的聲音如「洪鐘」，或者「如泣如訴」，都是在形容語言的質感。

以詩詞的聲韻而言，如果是押江陽韻、東鐘韻，寫出來的詩詞會如〈滿江紅〉的激憤、昂揚和壯烈，因為ㄥ、ㄤ都是有共鳴、洪亮的聲音；若是押齊微韻，是閉口韻，聲音小，就會有悲涼哀愁的感覺，如淒、寂、離、依等字都是齊微韻腳。我們讀詩，不一定是讀內容，也可以讀聲音的質感，或如細弦或如鑼鼓，各有不同的韻味。

這個研究遠比直接模仿發聲要困難得多。有一些非常細緻的肌肉，例如左眼下方約莫兩公分寬的一條肌肉便和舌根的運動有關。

這一段內容也是我杜撰的，讀者可不要真的對鏡找那條肌肉。然而，發聲所牽動的肌肉，甚至內臟器官，的確是微細到我們至今未能發現，例如發出震怒的聲音或無限眷念時的聲音，會感覺到身體內有一種奇妙的變化，所謂「發自肺腑」是真有其事。有時候我演講完回家，會覺得整個肺是熱的，而且三、四個小時不消退。

語言與情緒的關係

我相信，語言和情緒之間還有更細膩的關係，是我藉著呂湘這個角色所要探討的。

舌根常常把惡毒咒罵的語言轉成歌頌的文字，如「好個呂湘！」

好個呂湘！可以是讚美，也可以是咒罵，他可能等一下就會被砍頭，也可能下一秒變成英雄。民間常常用這句話，就看你用什麼情緒去說，意思完全不一樣。而呂湘已經自我鍛鍊到一看這個人的肌肉跳動，就知道對方說出此話是褒是貶。這裡語言又被顛覆了，本身有兩種南轅北轍的意義，當你說「好個呂湘！」聲音是從喉嚨出來時，你已經恨得牙癢癢。所以語言是一個非常複雜的東西，絕對不是只有單一的意涵。就像前文所說，不要聽他講了什麼，要努力去聽他沒有講什麼，這是文學最精采的部分。

但是，一旦舌根用力，咬牙切齒，意義完全不同，就變成了惡毒的咒罵了。由於舌根看不見，所以，必須完全依靠左眼上那一條細緻的肌肉帶的隱約跳動才看得出來。

呂湘這一發現使他又有了新的研究的快樂。使他不僅在夜晚別人睡眠之後獨自一人在房中做研究，當他對這種舌頭擴及人的嘴臉的變化研究到得心應手之時，呂湘便常常走到街上去，看著大街上的人，看他們彼此間的談笑、和藹可親的問好。只有呂湘自己知道，他並不是在聽他們說什麼，而是在聽他們「沒有說什麼」，那豐富的人的面容肌肉的變化真是有趣極了。

讀者可以想像，寫這段文字的作者，在那段期間亦是常常走在街上看人說話，卻是聽不到聲音的。

當我們用超出對話的角度去觀察語言，語言就會變成最驚人的人類行為學，遠比任何動物複雜，這裡還牽涉到很多人際關係，例如前面提到的宋江和閻惜姣，夫妻之間的語言別人很難了解，他們可能是在打情罵俏，別人聽來卻是像吵架。

張愛玲的小說寫得極好，一對夫妻在街上吵，丈夫說出的話惡毒得不得了，甚至要動手打妻子。旁人看不下去報了警，因為當時正推行新生活運動，丈夫不可以這樣對待妻子。正當丈夫要被抓進捕房時，妻子一把推開警察，拉著丈夫說：「回家吧！回家吧！回家你再罵再打。」這是夫妻之間的語言，並非一般人從字面上了解的狀況。

所以我相信語言也建立著一種「他者不可知」的關係。羅蘭．巴特在《明室》這一本講攝影美學的書中，開頭就說，他的母親過世了，整理母親的遺物時，在抽屜中看到母親五歲的照片，他突然深刻地感覺到原來母親真的五歲過。因為母親的五歲對他而言是不存在的，他也無法了解，藉由母親的照片，他開始探討攝影、影像的意義和價值。

我想，語言就如同這張照片，常常會變成個體和個體間一個不可知的牽繫。

又好比我的母語，是母親給我的語言，這個語言對我而言就像緊箍咒，我不常用這個語言，只有去看母親的時候，會跟她說母語，而當我說出這個語言時，我整個人的角色都改變了，我平常的邏輯、平常的人性價值都消失，變成了母親的兒子。

一九八八年我到西安，我的母語就是西安的地方話，所以一下飛機我覺得非常混亂，滿街的人都是用我的母語在交談，那是一種很怪異的感覺，他們和我很陌生，但是他們的母語竟是我的母語。

我相信每個人都有自己的母語，那是不容易理解的，它以另一種記憶模式存在基因和身體裡面，會變成很奇怪的東西。因為母語對個人的意義難以形容，我們常常會不自覺地就不尊重別人的母語。

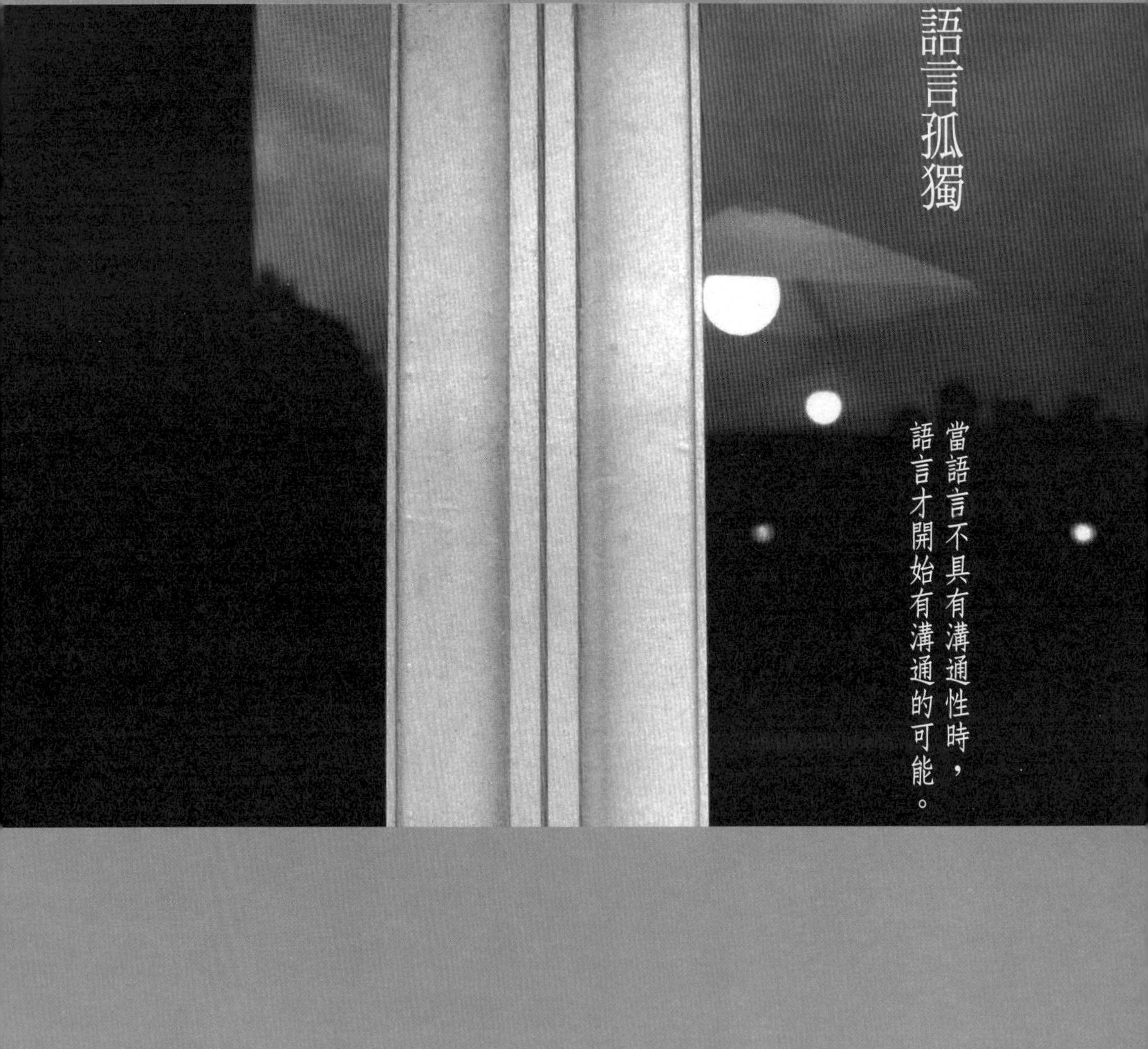

語言孤獨

當語言不具有溝通性時，
語言才開始有溝通的可能。

我最近在讀夏曼．藍波安的書，他來自一個只剩下兩千多人的蘭嶼達悟族，如此努力地想要找回他的母語，可是這個語言從日據時代就已經消失了，當他的族人會說閩南話、普通話，就是不會講達悟語，母語帶給他的哀傷，對他生存所產生的意義會是什麼？我反覆地讀他這本得獎的小說《海浪的記憶》，寫他父親八十幾歲蹲在蘭嶼的海邊，他說：「父親是很低的夕陽了。」

他用漢字寫，可是我們知道，漢語不會用「很低的夕陽」，而會用衰老、將死、遲暮。夏曼．藍波安沒有用這些字辭，而是堅持達悟語的特殊語言模式。

溝通的開端

我們可以用類似西方符號學的方法，把語言重新界定為「既精確又誤導的工具」，語言本來就是兩面的刀，存在一種弔詭，一方面在傳達，一方面在造成傳達的障礙。所以最好的文學就是在語言的精準度裡製造語言的曖昧。

這種曖昧就像你在心情茫然時到廟裡抽了一支籤，你很希望這支籤會告訴你應不應該繼續交往、或要不要投資，可是籤文絕不會告訴你應該、不應該，會或不會，而是給你一個模稜兩可的答案。

我有一個學生做金屬工藝，好不容易存了點錢想開店，又怕血本無歸，就到廟裡求了一支籤，籤上寫著：「董永賣身葬父」，他想：「完了，賣身葬父是很慘的狀況。」他跑來告訴我這件事，我覺得很有趣，因為董永沒有錢埋葬父親，就插了一個草標跪在街上要賣身，後來感動天上的七仙女下凡來幫他，之後他榮華富貴，過著像神仙一樣的生活。那麼這支籤究竟是好或不好？

語言的曖昧性就在於此，它可以這樣解釋，也可以那樣解釋，既精確又誤導。

再談回到〈舌頭考〉，和〈熱死鸚鵡〉一樣都是沒有結局的小說。

回到中國以後，呂湘一面進行他有關舌頭與中國母系社會關聯的論文，一面常常跑到街上，繼續深一步了解一根舌頭所可能在人的身上發生的複雜作用。

他有點驚訝於街上行人左眼下那一帶兩公分寬的肌肉的急速擴大。在短短幾星期中已有著墳起而且變成醬紅色的趨向，甚至到了肉眼也不難察覺的地步。

呂湘有點不安。他想起平反時那個語調溫和的稱讚他的幹事。他又無端想起在芝加哥的討論會上自己的沒有離席是否落了什麼把柄。他變得有點神經質，走在東安大街上，一個人笑吟吟過來問路，呂湘像見了鬼一樣「哇」地一聲跳著跑開了。

他在北京社科院敷衍了事地做了一點言不及義的報告，並沒有透露絲毫他從烏里茲別克教授那裡得來的啟發以及他目前正在進行的研究。

他匆匆回到了湖南，失魂落魄，一個人站在街角看著行人。

呂湘怪異的行為自然引起人們的議論，呼應了上一篇所提及的，群體文化無法容忍一個特立獨行的人，因為他們猜他得了不治的愛滋病。

鄉里中無事的女人們便開始傳說呂湘因為長期單身，又上了趟美國，在旅館半推半就玩了一個妓女，染患了不治的愛滋病。而愛滋病的初步症狀就是喜歡站在街上看人，把病傳染給八字弱的人云云。

我們不知道實際情況是不是這樣，但是已經沒有人敢靠近呂湘，只敢遠遠地對他指指點點。這是群體文化裡常見的現象，也是一個眾口鑠金的例證，語言的力量如此大，大到足以鎔化金屬。

事實上呂湘還是頭腦清醒的，他從北京回到家鄉之後，一直記掛著全國人的左眼下那逐漸墳起而且發醬紅色的一條肌肉，沒辦法專心繼續有關舌頭與女性進化的研究。有一次他聽說鄉裡來了一個台灣同胞訪問團，便也跟著大夥跑去看。鄉里的人因為怕被傳染愛滋病，都離他遠遠的。呂湘一人大搖大擺走到訪問團的巴士前，一個台灣重要的來訪者看呂湘氣派不小，以為是高幹，便立刻搖著「台灣同胞訪問團」的小三角旗，快步趨前和呂湘握手，親切地叫道：「同志！」

不料，呂湘「啊！」的大叫一聲，直楞楞看著這位台灣同胞的左眼下方。不一會兒呂湘就倒地昏厥了。送醫不治，死時只有五十三歲。

我不知道這算不算結局？

呂湘死後，「留下白髮的老娘，每天夜裡手執一把純鋼的大刀在空菜板上一聲聲剁著」，我小時候確實看過鄰人這麼做，媽媽說她在招魂，我不太確定，只記得這件事，就把它寫成了呂湘的母親。「一面剁一面罵道：『天殺的，回來，天殺的，回來。』據說，這是湖南鄉下一種招喚亡魂的方法。」

寫到這裡，會覺得有點哀傷。我常覺得自己寫小說時，就像在幕後操作布袋戲的人，操弄著好幾個角色，有時候覺得好笑，有時候覺得難過。而當我寫到這裡時，我會想，呂湘的母親到底是愚昧還是動人？其實我分不出來。我想到小時候鄉間的習俗，是在很無奈的狀況下，用一種既像咒罵又像歌頌的方式詮釋生命。對呂湘的母親而言，她唯一的兒子死了，她的兒子走過文化大革命，又從美國回來，卻被村人傳言得了愛滋病，最後莫名其妙死了，她不得不死命地揮動那一把純鋼的大刀，她在剁的究竟是什麼東西？就留給讀者去填空了。

最後，故事還有一段結尾，與其說這是結局，不如說是個寓言吧！

呂湘的手稿也經由省裡的文聯整理，發現了他新近有關《舌頭考》的手稿。但只有寥寥數十字，沒有什麼研究價值。為了紀念，便做為遺稿，刊登在一個不太有人看的文聯機關報上：

呂湘同志遺稿《舌頭考》：

這個種族連續墮落了五千年之後，終於遭到了懲罰，被諸神詛咒，遭遇了厄運。

厄運開始是從婦人和像婦人的男子們的口舌開始的……

我想說的是一種語言的孤獨，當語言不具有溝通性時，語言才開始有溝通的可能。就像上一篇所提及，孤獨是不孤獨的開始，當懼怕孤獨而被孤獨驅使著去找不孤獨的原因時，是最孤獨的時候。同樣地，當語言具有不可溝通性的時候，也就是語言不再是以習慣的模式出現，不再如機關槍、如炒豆子一樣，而是一個聲音，承載著不同的內容、不同的思想的時候，才是語言的本質。

革命
孤獨

卷三

革命孤獨

革命者迷戀自己年輕時候的潔癖，
而且深信不疑。

革命孤獨

革命是對自己的革命，
所要顛覆的不是外在的體制或階級，
而是顛覆內在的道德不安感。

九〇年代在台北如火如荼展開的學生運動「野百合學運」，很多人應該都還有印象，那時候大批的學生駐滿中正紀念堂和台北車站，表達他們對社會改革的熱情和願望。

所謂學運，在我的學生時代，即台灣的戒嚴時期，是想都不敢想的，這個念頭從未在腦海出現。延續保守傳統的想法，總覺得學生罷課遊行搞運動如同洪水猛獸，直到我去了巴黎求學才改觀。

很多人都知道，一九六八年巴黎發生過一次學生運動，稱為「五月革命」，當時學生領導法國工人包圍政府，把巴黎大學作為運動本部，對社會的影響非常大。

我在巴黎讀書時，不管任何一個科系，特別是人文科系，包括社會學、政治學、文學、美學等學科，教授在上課時都會不斷地提到「六八年，六八年，六八年」；六八年變成一個重要的分水嶺，六八年以前是一個保守的、傳統的法國，六八年之後則是一個革新的、前衛的、可以容納各種看法的法國。

巴黎學運的衝擊

我到巴黎是一九七二年，已經是五月浪潮發生後四年，學運仍未結束。偶爾在上課時，會突然聽到樓上「砰！」的一聲，老師立刻要所有學生疏散，然後就會看到擔架上躺著一個全身是血的人被送到醫院。

學運和暴力結合，使我們這些從台灣去的學生感到恐懼，好像是政治暴動一樣。

記憶深刻的是，有些年輕老師或是高年級的學長，會在學生發動罷課時，帶領同學坐在公園或是校園裡，一起探討罷課的原因，討論當前的政治制度、措施，每個人都會表達自己的看法。我必須承認，這些討論改變了我對學運的看法。

在戰後的戒嚴時期，台灣沒有機會了解所謂的社會運動，在戒嚴法裡即明文規定不能罷課或罷工。所以在法國對學運的所見所聞，對我自己是一個巨大的撞擊，而這個撞擊牽涉到一個問題：如果所謂的民主來自於每一個個人對於所處的政治、社會、文化、環境的個人意見，那他應不應該有權利或資格表達他的意見？

由於台灣學生來自一個較封閉的社會，到了法國，對學運會出現兩極化的反應：一種是非常恐懼學運，完全不敢參加、不敢觸碰。我記得和我一起留法的朋友，回台灣後擔任政府的高層工作，有時候我們私下談起時，會笑他在巴黎待了好幾年，得到博士學位，只認得一條地鐵的路線，就是從家裡到學校，其他一概不知。他代表了當時台灣學生留學的一種心情：我把我的專業讀好，我不要去管其他不相干的事。

我是屬於另外一種。因為自己學的是人文，對於文化的本質有很大的興趣，因此對於學運，在某一種對政治運動的恐懼、置身事外的感覺之餘，會有一種好奇。

從小父母就常對我說：「什麼都可以碰，就是不要碰政治。」我想很多朋友都曾經被父母如此告誡過。因為台灣經歷過白色恐怖的年代，使個人對政治會聯想到一個不寒而慄的結局，當時我心想：「我喜歡畫畫，我喜歡文學，和政治無關，大可放心。」

然而，我還是隱約感覺到身邊有一些事情在發生。

巨大的心靈震撼

我經常提起高中時的英文老師影響我很大，他就是非常有名的小說家陳映真先生。他帶我們讀小說、讀現代文學，以及讀台灣一本很重要的雜誌《文學季刊》，有時候也會帶我們去看戲；我記得高一時，我的英文不是很好，他帶著帶著，到後來已經可以讀英文版的《異鄉人》。

大概在我大一時，陳映真老師被逮捕，那個年代一個人被抓不會有報紙報導，大家都不知道原因，就這麼失蹤了，接著出現各種傳說，使大家覺得很恐懼。在老師被逮捕前的一個星期，我在明星咖啡屋和他聊天，那時候我已經參加了詩社，對詩有一種很浪漫的看法，覺得文學就是文學，是一種很唯美、很夢幻的追求。當我說出我的想法時，平日很有耐心的老師，卻顯得焦慮、不耐煩，他對我說了一句很重的話，他說：「文學不應該那麼自私，文學應該關心更多人的生活，走向社會的邊緣，去抨擊不正義、不公理的事情。」

當時聽了他的話，覺得有點反感，心想老師怎麼這麼武斷，這麼決絕。對於一個充滿文藝美學夢幻的年輕人而言，陳映真老師的理論讓我覺得很受傷。

一個星期後，他被逮捕了，我聽到一些傳言，說他成立了一個組織，又說他翻譯了馬克思的論著，說他的組織裡的人接連被逮捕了……我想起了在明星咖啡屋時他的這一段話。

再見到陳映真老師時，已經是七年之後，他從綠島出來，我從法國回來，彼此都經歷了一些事。我自己從被父母耳提面命：「不准碰政治」，到在巴黎時，聽到每一個人在午餐、晚餐、下午茶時間都在談政治，感受到六八年後法國人對政治的熱烈激昂，隨時可能會有一個同學站起來高聲朗誦出聶魯達的詩。我突然發現，革命是一種激情，比親情、愛情、比人世間任何情感都慷慨激昂。

對我來說，革命在巴黎的街道上變成了詩句，聶魯達的詩不只是詩，而是迴盪在街頭上的歌聲。

在前幾年上映的《郵差》這部電影中，你可以看到連郵差都受到聶魯達詩的影響，因為它不只是詩句，是革命的語言，會帶給你一種巨大的心靈上的撞擊和震撼，讓你覺得可以放棄一切溫馨的、甜美的、幸福的生活，出走到一個會使自己分崩離析的世界。

革命是一種青春儀式

在法國讀書時，我發現革命有一種很吸引人、但說不出來的東西，和我從小所理解的恐懼不一樣，使我也開始跟著要好的法國朋友，綁上頭巾，跟著遊行的隊伍前進。整個五月大概都是在罷課的狀態，而去過巴黎的人就會知道，五月的巴黎天氣好得讓你不想上課。後來我發現每次革命、每次學運都選在五月，不然就是在秋高氣爽的十月，很少有學運選在淒冷的季節，大概即使要革命也要選一個好天氣吧！更有趣的是，有時候同學還會問我：「我今天要去示威，你覺得我穿哪一件衣服比較好？」

原來學生運動不像我想像的那麼可怕，反而有一種嘉年華會似的東西，包括朗誦聶魯達的詩，包括選一件示威遊行的衣服，革命是可以重新注解的，或許，革命是因為你的青春，並且轉化為一種青春的儀式。

我突然懂了某位西方作家說過的一句話：「如果你二十五歲時不是共產黨員，你一輩子不會有希望；如果你二十五歲以後還是共產黨員，你這一輩子也不會有什麼希望。」原來他說的「共產黨」就是革命，講的是一個夢想，當你二十五歲時有過一個激昂的夢想，一生不會太離譜，因為那是一個烏托邦式的寄託；可是二十五歲以後，你應該務實了，卻還在相信遙遠的夢想，大概人生就沒什麼希望了。

從這句話裡，我們也可以看到革命跟詩有關，跟美學有關，而它最後導致的是一種巨大的孤獨感，因為唯有孤獨感會讓人相信烏托邦（Utopia）。「烏托邦」這個詞是音譯的外來語，但在漢字裡也有意思，代表「子虛烏有寄託出來的邦國」，它是一個實際上不存在，可是你心裡相信它存在的國度，且你相信在這個國度裡，人沒有階級，人可以放棄一切自己私有的慾望去完成更大的愛。唯獨年輕人會相信烏托邦，而尋找烏托邦的激情是驚人的。

當我與多年未見的陳映真老師碰面時，他對我的印象還停留在與他辯論詩的意義，爭得面紅耳赤，告訴他：「寫詩是一種絕對的個人的唯美，我沒有辦法接受你所說的，文學應該有更大的關懷。」他不知道七年之中我在法國經歷的一切，我也很少對人說起，只有在自己的小說〈安那其的頭髮〉中透露了一點點。

托爾斯泰與克魯泡特金

安那其（Anarchism）是我在法國參加的一個政治組織，又譯為無政府主義。這個流派起源甚早，在十九世紀的俄國就開始了，創始人是巴枯寧（Mikhail Aleksandrovich Bakunin）和克魯泡特金（Peter Kropotkin），這兩個人基本上是俄國貴族；許多革命運動的發起人都是貴族，其過程也相似：先是對生活感到不滿，繼而在沉淪糜爛的貴族生活中感到存在的孤獨，最後選擇出走，例如托爾斯泰。

托爾斯泰是一位伯爵，擁有很大很大的農莊，但是在他的作品《復活》中，他重新回顧成長過程中身為貴族的沉淪，以及擁有土地和農奴帶給他的不安與焦慮，他決定出走。我認為托爾斯泰最偉大的作品不是《復活》也不是《戰爭與和平》，而是在他垂垂老矣時，寫的一封給俄國沙皇的信。信中，他沒有稱沙皇為皇帝，而是稱他為「親愛的兄弟」，他寫到：

「我決定放棄我的爵位，我決定放棄我的土地，我決定讓土地上所有的農奴恢復自由人的身分。」

那天晚上把信寄出去之後，他收了幾件衣服，拎著簡單的包袱，出走了。最後他死於一個名不見經傳的小火車站，旁人只知道一個老人倒在月台上，不知道他就是大文豪托爾斯泰。

我覺得這是托爾斯泰最了不起的作品，他讓我們看到革命是對自己的革命，他所要顛覆的不是外在的體制或階級，而是顛覆內在的道德不安感。

回過頭來看，什麼是安那其主義？怎麼可能有無政府的狀態呢？

在台灣，我們可以輕易地找到克魯泡特金的著作，翻譯者是巴金。這位中國老作家筆名的由來，就是取自巴枯寧和克魯泡特金兩人名字中的第一個字和最後一個字，他在留學法國時最崇拜的偶像就是安那其的這兩位創始人，所以他取了這個名字。巴金一生翻譯了許多克魯泡特金的作品，包括《麵包與自由》、《一個反叛者的話》等。

克魯泡特金因為宣傳革命被俄國政府驅逐，逃亡到瑞士，不能回歸祖國，可是他一直用各種語言闡述無政府主義思想。我讀克魯泡特金的作品時，我必須承認，所受到的震撼大過於任何讀過的文學作品。他竟然把文學當作現世之中一種可以自我砥礪的懺悔錄形式在書寫，一直到現在，我偶爾翻出他的作品仍然感動不已。

他在《麵包與自由》中寫到，他相信總有一天，麵包不會再壟斷在少數人手中。

現在我們會覺得：「這個不難吧！」但對當時俄羅斯的窮人、農奴而言，麵包的分享是一種奢望。然而，更大的奢望是克魯泡特金的第二個主張「自由的分享」，他希望美、詩歌、音樂也能讓所有的俄羅斯人共享。如果你看過高爾基寫他的母親做著粗重的工作，還要忍受丈夫穿著皮靴拳打腳踢，就會知道俄羅斯的社會階級分明，窮人與婦人地位之低下，宛如動物，連民生需求都無法獲得滿足，哪有可能分享詩歌、音樂之美？簡直是夢想。

沒錯，就是夢想。革命者自己營造出來的烏托邦國度，多半是現世裡無法完成的夢想，總是會受到世俗之人所嘲笑，因此他是孤獨的。

克魯泡特金晚年流亡瑞士時，完成自傳體著作《一個反叛者的話》，他稱自己是「反叛者」，他反叛階級、反叛國家、反叛宗教、反叛家庭、反叛倫理，他反叛一切人世間的既定規則，企圖回復單一個體本身做一切的反叛。每次看完《一個反叛者的話》——克魯泡特金最後一本著作，我的眼前就會出現非常清楚的革命者的孤獨感。

贏了政權卻輸了詩與美

我想，很多人都無法接受，我將革命者定義成為「某一種程度現實世界中的失敗者」吧。

《史記》裡有兩個個性迥異的人物：劉邦和項羽，你讀這兩個人的故事會發現，劉邦的部分真是沒什麼好讀的，甚至有點無聊。但劉邦真的是這麼乏善可陳嗎？不然，是作者司馬遷對他沒什麼興趣，因為他成功了。作為一個歷史的書寫者，司馬遷對於現世裡的成功者其實是不懷好感的，這裡面不完全是客觀的對錯問題，而是主觀的詩人的抉擇，他選擇了項羽作為美學的偶像。所以我們今天看《霸王別姬》，不管是電影或戲劇，都會為霸王在烏江自刎、與虞姬告別而感動，它根本就是一首詩。

我們不能確定歷史上的楚霸王是不是真的如此浪漫？可是，司馬遷成功地營造了一個革命者美麗的結局和孤獨感，使得數千年來的人們都會懷念這個角色。

這是不是就是文學的職責？文學是不是去書寫一個孤獨者內心的荒涼，而使成功者或奪得政權的那個人感到害怕？因為他有所得也有所失，贏了政權卻輸了詩與美。

我們從這個角度解讀《史記》，會發現司馬遷破格把項羽放在記載帝王故事的〈本紀〉中，並且在最後「太史公曰」中暗示「舜目蓋重瞳子，項羽亦重瞳子」，將項羽與古代偉大的君主舜相比。最精采的還是司馬遷寫項羽的生命告別形式，誠所謂「力拔山兮氣蓋世」，把項羽的性情都寫出來了，完全是一個美學的描述。

我想，劉邦在九泉之下讀到《史記》，恐怕也會遺憾，他贏得了江山，卻輸掉了歷史。後人怎麼讀《史記》也不會喜歡劉邦，卻會對項羽充滿革命孤獨感的角色印象深刻。

從嚴格的史學角度，我會對項羽的真實性格產生懷疑，但項羽的英雄化正代表了司馬遷內心對孤獨者的致敬。所以，你可以看到《史記》中所有動人的場景，都跟孤獨有關。

例如屈原，當他一切理想幻滅，決定要投汨羅江自盡前，「被髮行吟澤畔，顏色憔悴，形容枯槁」，他回復到一個詩人的角色，回到詩人的孤獨，然後漁父過來與他對話。我不禁懷疑誰看到憔悴的屈原，又是誰看到他和漁父說話？是漁父說出來的嗎？

然而，我們讀《史記》時不會去追究這個問題，因為美超越了真假。我們願意相信屈原就是「被髮行吟澤畔，顏色憔悴，形容枯槁」，一個孤獨革命者的形象。

《史記》裡還有一個非常美的畫面，是關於荊軻。荊軻為了燕太子丹對他的知己之情，決定要去行刺秦王，而他也知道當刺客是一去不回的，所以在臨行之時——司馬遷真的非常善於書寫孤獨者的告別時刻——所有人都是穿白衣素服來送行，送到易水之上，「高漸離擊筑」。這裡依據大陸作家張承志的考證，「筑」是一種失傳的樂器，據說是一片薄薄的像板子一樣的東西。高漸離把鉛灌注在筑裡，拿筑去行刺秦始皇。

在告別時刻，高漸離擊筑發出高亢的聲音，然後大家唱「風蕭蕭兮易水寒，壯士一去兮不復返」，這是生前的告別，人還活著卻是死亡的形式。

不論是項羽、屈原或是荊軻的告別畫面，都是讓我們看到一個革命者孤獨的出走，而他們全成為了美學的偶像。相對地，劉邦、楚懷王、秦始皇全都輸了。我們可以說，司馬遷是以《史記》對抗權力，取得權力的人，就失去美學的位置。這部書至今仍然有其地位和影響力，未必是在歷史上，更可能是因為一個人的性情和內在的堅持。

革命者等於失敗者？

因此再思考「什麼是革命孤獨？」的問題時，我會把革命者視為一個懷抱夢想，而夢想在現世裡無法完成的人。夢想越是無法完成，越具備詩的美學性，如果在現世裡夢想就能實現，那麼革命就會變成體制、變成其他的改革，而不再是革命。

今天在我這樣的年齡，回想大學裡詩社的朋友，畢業之後，此去艱難，每個人走到不同的路上去；有的人從政做官，也有人繼續在南部村落裡教書，相信他當年相信的夢想。有時候我會想，也許有一天我也要寫《史記》，那麼我的美學偶像會是誰？

一個社會裡，當人性的面向是豐富的時候，不會以現世的輸贏作為偶像選取的依據。就像《史記》裡，動人的都是現世裡的失敗者，項羽失敗了，屈原失敗了，荊軻失敗了，可是他們的失敗驚天動地。

《史記》裡還有另一種革命的孤獨，迥異於政治革命者，我要說的是卓文君。我們可以想像，一個新寡的女子遇到心儀的人，在社會道德體制的規範下，她是否有條件或被允許再談一次戀愛？這在今天都還是一個棘手的問題。但是在司馬遷的《史記》裡，司馬相如看到新寡的卓文君，沒有想到要遵守什麼體制禮教，只覺得她真是美，就寫了〈鳳求凰〉去歌頌她。霎時，卓文君被打動了，發現她還可以再去追求生命裡最值得追求的愛，但也因此，她必須對抗她的父親卓王孫。

卓王孫是四川有名的富豪，就算要改嫁女兒，也不可能讓她嫁一個窮酸小子，所以他先是搬出禮教教訓卓文君，並且警告她如果一意孤行，家產一毛都不會給她。

革命孤獨

為什麼革命者都是失敗者？
因為成功的人走向現世和權力，
在現世和權力中，他無法再保有夢想。

我們提到革命的孤獨都會聯想到政治，但真正困難的革命往往是道德的革命、禮教的革命。我將卓文君視為一個革命者，就是因為她聽到父親的威脅後，當場與父親決裂，和司馬相如私奔。最厲害的是私奔也不跑遠，就在爸爸家門口當鑪賣酒，真是把爸爸氣死了。《史記》裡還寫到：「相如身自著犢鼻褌」，「犢鼻褌」是有點像丁字褲的衣著，因為是賣酒的勞動階級了，穿著當然不可能太漂亮。

卓文君所進行的革命，恐怕是比項羽、荊軻更難的。我們看到男性的革命者總會以決絕的姿態出走，情緒非常悲壯，得到許多人的認同；而女性的革命少了壯烈的氣氛，卻是加倍困難，因為綑綁在女性身上的枷鎖遠多於男性，當她要顛覆所有的禮教、道德加諸在她身上的束縛時，是一場偉大卻不容易被理解的革命。

所以，我覺得司馬遷真了不起，他為這個文化找到許多出口。今日我們還在議論一個女人的貞潔，表示我們都不如兩千年前的司馬遷。他沒有用道德議論卓文君，他用真正自我的出走去歌頌這個敢做敢當的女子，至於「敢做敢當」是對或錯，是她個人的事情，與他人無關。很多人說司馬相如最後還不是變了心，而嘲諷卓文君「既知今日，何必當初」，可是我認為卓文君對她自己的選擇清清楚楚，這就是一個革命者，而革命者不管承擔的是政治的壓力、道德的壓力，都無怨無悔。

那麼，為什麼革命者都是失敗者？為什麼不把「革命者」這個角色給成功的人？

因為成功的人走向現世和權力，在現世和權力中，他無法再保有夢想。

我觀察當年在我家裡喝酒唱歌的朋友，當他變成政府高層之後，很多的考量都不再是出自於夢想，這個時候我們大概知道該和他保持一段距離了。其實我對他有同情，我知道在權力當中，人不見得完全沒有夢想，但他的夢想必須收斂，講得好聽一點，就是「務實」，講得難聽就是沒有夢想了，也不再是詩人了，更不會再高聲歌頌聶魯達的詩。

完成美學的詩需要孤獨感，可是現世的繁華難以保持孤獨感。所以我說「革命者」是現世的失敗者，因為他們沒有成功而保全了革命的孤獨。

自己無法控制的狀態

不知道你有沒有發現？古今中外許多令人懷念的革命者都是詩人。我想這是因為詩人一直在追求激情，當他發現寫詩不如革命激情時，他就去革命了。所以你可以感覺得到好多這一類的人，屈原是一個例子，他的詩寫得極好，〈九歌〉、〈離騷〉是用文字在寫詩，當詩人的孤獨發展到極致時則是用血淚寫詩，所以屈原和托爾斯泰一樣，寫得最好的一首詩，是他在最後出走前的告別。

近代有一位備受爭議的人物：汪精衛，他在十七、八歲時，夢想著中國的改革，所以他去刺殺慈禧太后、刺殺五大臣，後來事洩被捕，在獄中寫了一首詩，末兩句是：「引刀成一快，不負少年頭。」年輕的頭就是要去革命，何必留在脖子上？何等豪氣。因為很多人欣賞他的詩，他被免除死刑，反而造成悲劇性的一生，他被釋放出來後走向現實政治，與他所有的夢想、所有的詩發生矛盾，他的革命孤獨也因此破滅。

革命孤獨其實是一個連自己都無法控制的狀態，比起當時同樣懷抱著夢想的另一群人，林覺民、徐錫麟、秋瑾、陳天華、鄒容……被後人稱為「黃花崗七十二烈士」，汪精衛恐怕真的會想「引刀成一快」吧！

黃花崗七十二烈士是我學生時代的偶像，有一段時間我很喜歡去國父紀念館看廊上的黑白老照片，當我看著那些照片時，我看到了青春。他們大多是二十出頭歲，生命就沒有「後來」了。雖然有時候生命有「後來」反而是更大的難堪。

我想，青春的美是在於你決定除了青春之外，沒有任何東西了，也不管以後是不是繼續活著，是一種孤注一擲的揮霍。

我在翻開早年的日記時，嚇了一跳，我竟然曾經在生日當天寫下：「我決定不要活過二十一歲，活過二十一歲是很可恥的。」我在十幾歲時寫下這句話，可以說我後來都是「可恥」地活著。

年輕就是會有這樣的夢想，相信青春逝去之後，就不會再有任何會讓你動心的事情了，所以會有一種揮霍的心情，對於現實完全不在意。所以秋瑾走向死亡，林覺民走向死亡，徐錫麟走向死亡，都是相信青春背後沒有東西了，就此了斷。我當時會把他們當作偶像，就是因為他們帶給我一種青春揉雜著悲劇的感動，就像一首最美的詩。

如果你看過秋瑾的照片，你一定也會覺得：「怎麼那麼美？」而且你注意一下，她的美是超越性別的，很少有人的美可以超越性別。照片中的她英氣逼人，穿著日式和服，手裡拿著一把匕首；我不知道她是以什麼樣的心情拍下這張照片，但這張照片一直放在我書桌玻璃墊下。那是一種把生命活出極致的美！

其實秋瑾來自一個保守的大家庭，他的父親做官，替女兒選了一個當官的夫婿，他們結了婚，夫妻感情也很好。有人猜測秋瑾是婚姻不幸福才會去革命，其實不然，革命者往往是受到最多的寵愛，當他感覺到要與人分享這份寵愛時，他的夢想就出現了。前面提的克魯泡特金、托爾斯泰都是如此。

不要忘記托爾斯泰是伯爵，不要忘記托爾斯泰擁有廣大的土地、眾多的農奴，可是他內心有一個無法完成的夢想：他想要與人分享他的財富和地位，最後他只能對自己進行顛覆和革命。

活出自我的秋瑾

很少人提到秋瑾的家庭，她其實還有孩子，一家和樂美滿。有個朋友寫秋瑾的劇本時，把她的先生寫成一個很壞的人，我向他抗議，請他重新去查資料。在一個女子要纏足、丈夫可以納妾的社會裡，一個丈夫為了成全妻子的好學，願意拿出一筆錢送妻子去日本留學，我相信他是一個了不起的丈夫。

然而，秋瑾到了日本之後，視野打開了，不再是一個舊社會裡封閉的女人，她認識了徐錫麟、陳天華等優秀的留學生，經常聚會喝酒、聊新的知識，並且一起加入了同盟會。在當時，同盟會是一個非法組織，加入者都抱著被殺頭的準備，唯有充滿夢想的人才會參加，也唯有年輕才不會在意殺不殺頭。

秋瑾到日本之後，意識到東方的女性受到極度的壓抑，被當作弱者，因此她的革命不只是政治的革命，更大的一部分是她對女權革命的覺醒與伸張。秋瑾在日本學武士刀、練劍，所以會拍下那麼一張照片，象徵女性的解放。

而一個可以容納解放女性的男性團體，也必定是開放的。不知道大家能不能理解？在一堆不成材的男性團體裡，女性要解放非常困難，她會被男性的觀念所綑綁，由此推測，徐錫麟、陳天華等人都是優秀的男性，而秋瑾的丈夫也絕不是壞人。

不過，秋瑾覺察到自己與丈夫在思想上已經分道揚鑣，她無法再回到那個保守的社會裡，所以她為自己的生命做了勇敢的抉擇——提出離婚。

這裡有個很有趣的對比，在台灣的政治生態中，向來強調夫唱婦隨，鮮少有夫妻不同政黨，或是太太去革命、丈夫去選舉的事例。我們在政治圈中幾乎找不到第二個秋瑾。

當然，秋瑾的孤獨不論在當時，甚至在今日，都鮮少有人能理解。

幸運的是，秋瑾還有一群可愛的朋友。這些與她把酒言歡的留學生，知道秋瑾很喜歡一把劍，決定湊錢買下來送她，當他們在小酒館裡把劍送給秋瑾時，她當場舞了一回。我不知道那張持劍穿和服的相片是否為彼時所攝，但在秋瑾的詩中記錄了此事，她說：「千金不惜買寶刀」，原來那把劍所費不貲，耗盡千金，以至於一群人喝酒喝到最後付不起酒錢，於是秋瑾不惜把身上的皮大衣當了，要和朋友們喝得痛快，詩的下一句便是：「貂裘換酒也堪豪」。

在秋瑾這首〈對酒〉詩中，第一句是男性對女性的饋贈，第二句是女性對男性的回報，由此可以看出這群年輕革命者的情感。而最後兩句：「一腔熱血勸珍重，灑去猶能化碧濤。」意思是即使有一天熱血全部流盡，也會變成驚濤駭浪，對社會產生巨大的影響。這就是革命者，這就是詩人呀！

後來，這群留學生回到中國，潛伏在民間，伺機而動，隨時準備革命。心思縝密的秋瑾，不但有激情，也有理性，可謂當時回國革命者中最成功的一個。她隱藏了同盟會的身分，搖身一變為軍校的校長，這所軍校是受命於清朝官吏直接統轄，而這名官吏就是她的乾爸爸，你看她多厲害！

這是一個女性革命者的智慧，她可以柔軟的身段同時扮演多重的角色，不若男性革命者的剛烈。

然而，很少人想到，離婚以後的秋瑾要面對生命裡巨大的孤獨感。我相信，她和徐錫麟之間的感情是革命，也是愛情。所以當徐錫麟衝動起義，因為沒有詳密的規劃而失敗被逮捕，並慘遭清朝官員恩銘將胸膛剖開，活活地掏出心肝祭奠時，聽聞徐錫麟死訊的秋瑾立刻起義，因此被捕。

我讀秋瑾傳記時，深深覺得秋瑾的死和徐錫麟有很大的關係，而徐錫麟就是當年提議買寶劍送她的人。這使我聯想到，革命裡有一部分的孤獨感，也許是和愛情有關。

在革命裡糾纏的情感非常迷人，非小兒女的私情可以比擬，他們是各自以「一腔熱血勸珍重」的方式，走向詩的最顛峰。

在徐錫麟死後，秋瑾的起義可以說是一種自殺的形式。

秋瑾被捕之後，受盡所有的酷刑，被逼要寫下所有參與革命者的名單，她只寫下一個字：「秋」，表示只有秋瑾一人。她頓了一下，接著寫：「秋風秋雨愁煞人」，又是一句詩。翌日清晨，秋瑾在紹興的街市口被處以斬刑。

我第一次到紹興，幾乎是為了秋瑾而去，在那個街市口，我站了非常久，現在那裡還有一個秋瑾的紀念碑。

我想，她是一個文學上、戲劇上尚且無法全面說出其影響力的女性，她一定會變成傳奇，變成歷史的傳奇，變成如荊軻、屈原的不朽人物，因為她的生命活出了驚人的自我。

生命最後的荒涼

前面提過，魯迅的小說〈藥〉就是以秋瑾為主角。魯迅也留日，且是紹興人，他從小就在秋瑾被砍頭的街市口走來走去，其內心受到的震撼不可言喻。所以，我認為魯迅是一個非常了解革命者孤獨的小說家。

魯迅自己卻不走向革命。當時每個黨都希望魯迅能加入，因為他的影響力實在太大了。可是，從頭到尾，魯迅沒有加入任何一個黨。他保持高度的清醒。只是寫文章感念年輕的革命者，他的學生柔石、胡也頻都是在白色恐怖時遭到逮捕的年輕詩人，魯迅為文時，甚至不能寫出他們的名字，只能以散文〈淡淡的血痕中〉追悼。

一九一七年俄羅斯列寧革命前，幫助列寧的也多半是詩人，其中包括馬雅可夫斯基、葉賽寧，他們在革命前奔走呼號，寫了幾首詩讓大家在酒酣耳熱之際可以高聲朗誦，激動人心，但是在革命成功後，這兩個人相繼自殺了。

有一段時間，我的書桌玻璃墊下壓著葉賽寧自殺後的照片，太陽穴上一個窟窿。我不知道為什麼這麼做？大概是警告自己，這就是革命者的下場，或者，是紀念詩人與革命者的孤獨之間非常迷人的關係。

這些人的詩句多年來感動著每一個人，而他們的生命卻多走向了絕對的孤獨。

何謂絕對的孤獨？就是當他走上刑場時，他感覺到自己與天地之一切都沒有關聯了。

而這部分，歷史不會說。

後人講到林覺民、講到秋瑾、講到徐錫麟、講到陳天華，是從一個政治的角度稱他們為「烈士」，所以他們慷慨赴義，死而無怨，歷史不會寫到他們也有孤獨的一面，更不會提到他們生命最後的那種荒涼感。

秋瑾是在黎明之前被拖到紹興的街口，對她而言，不但再也看不到真實的日出，也看不到整個國家民族的日出，漫漫長夜何等煎熬，這是生命最後的荒涼。而她的屍首曝曬數日，是不能去收的，誰去收誰就是同黨，直到一兩個星期後，她的好友吳芝瑛冒著九死一生偷回屍體，把屍體運到杭州埋在西湖岸邊。

吳芝瑛也是不得了的人物。秋瑾很多資料能保留下來，就是歸功於她一生的知己吳芝瑛。這些清代後期的女性，其所作所為，我們今日讀來都要覺得瞠目結舌。

回到九〇年代台灣的學運，當時我在東海教書，擔任系主任的工作，從電視新聞與報章媒體得知有那麼多的學生集結在中正紀念堂過夜，有那麼多的學生占據台北火車站，發表演說，要求與政府高層對話。而再晚一點大陸的天安門廣場上，也有一批學生集結，大家是否還記得？吾爾開希穿著睡衣去與李鵬對話的畫面。

他們讓我想起在巴黎的年代。

一旦革命成功，便不可能再是詩

但是，革命者若不是最後畫下一個漂亮的句點，其實蠻難堪的。這是我一直想講的矛盾，

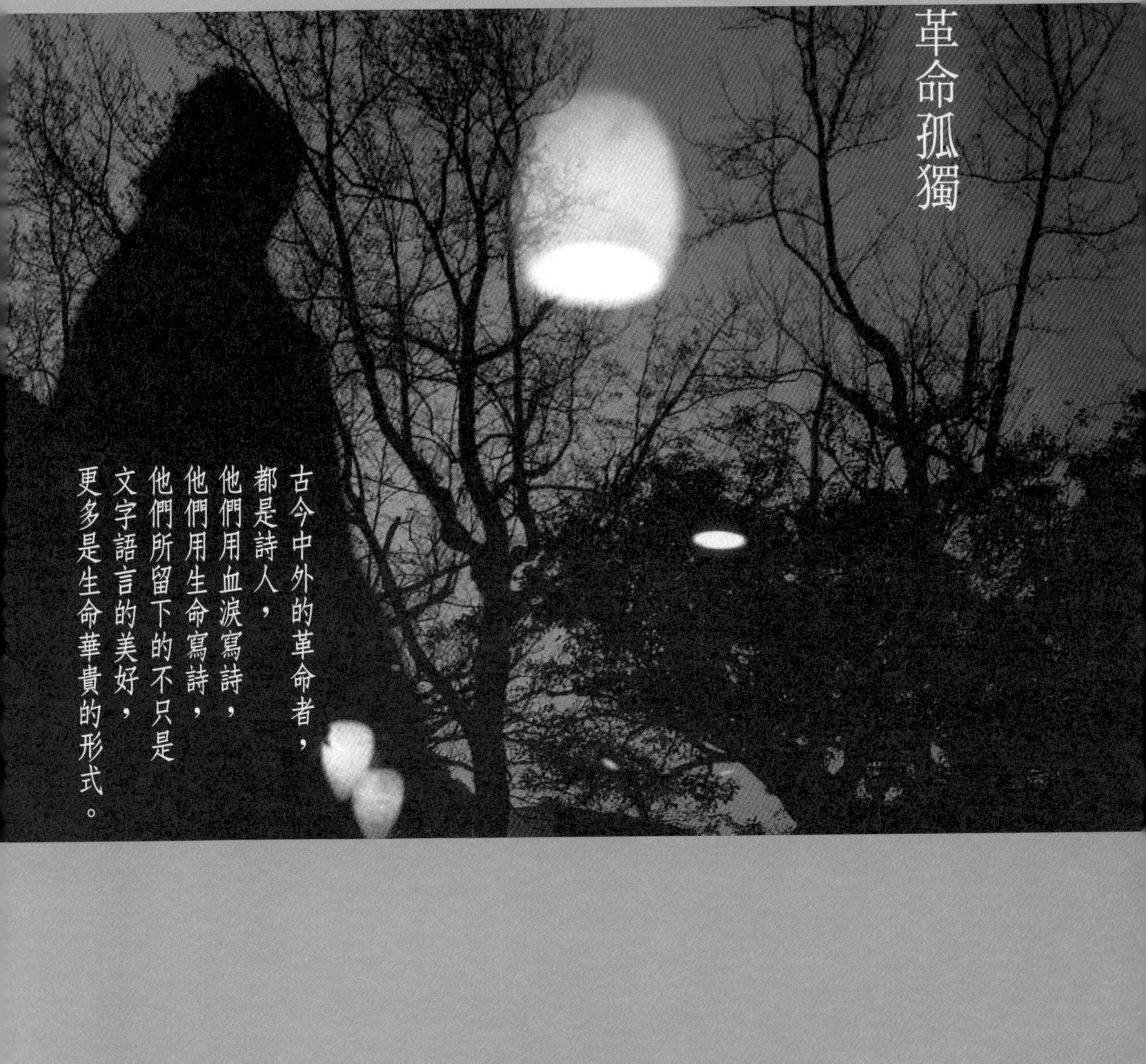

革命孤獨

古今中外的革命者，
都是詩人，
他們用血淚寫詩，
他們用生命寫詩，
他們所留下的不只是
文字語言的美好，
更多是生命華貴的形式。

革命者的孤獨應該有一個死去的自我，可是革命不就是為了要成功嗎？為什麼所有的革命者都是以失敗者的角色在歷史上留名？

革命者本身包含著夢想的完成，但是在現實中，一旦革命成功，夢想不能再是夢想，必須落實在制度的改革，以及瑣瑣碎碎大大小小的行政事務上，它便不可能再是詩。

如果你堅持革命者的孤獨，就必須是像司馬遷寫《史記》所堅持的美學意識形態。並不是說不能當劉邦，我相信每個人都希望自己是劉邦而不是項羽，都想成為成功者而不是失敗者，但是在美學之中，留下的符號總是一個一個出走的孤獨者、失敗者。

現在我經過台北火車站、經過中正紀念堂，十多年前學運的畫面還會躍入腦海，而十多年前學生對我說：「我不要搞政治，也不要參與這些東西」時，我說：「這不是政治，你那麼年輕，去旁邊感受一下那種激昂吧！」

說這話時，我一直回想到二十五歲時在巴黎所受到的震撼。

這麼說好了，你的生命裡有沒有什麼不切實際的夢想？沒錯，就是不切實際，因為青春如果太切合實際，就不配叫作青春了。

因為青春本來就是一個巨大的夢想的嘉年華。

參加學運的人不一定都是為了政治目的，包括我在巴黎一起參加學運的朋友，有些人就是因為男朋友或女朋友參加而參加，他們甚至不知道遊行的議題到底是什麼。但是，曾經感受過那份激昂的人一生都不會忘記。

我還記得當年經過中正紀念堂時，看到一個約莫大二、大三的男學生，有一張很稚嫩的臉，已經被推為學生領袖了，他必須向大家發言，他必須懂得組織，這麼多的學生光是吃飯問題、衛生問題就叫人頭痛了。當他在台上講話時，有時會羞怯，有時會說得不好，有時還會撥一下頭髮讓自己漂亮一點；然後跳一個時空，這張臉可能到了立法院、總統府，仍然站在講台上侃侃而談……

這兩張臉要如何去疊合？對我而言，就像秋瑾那張照片的問題。

後來這些人都變成很熟的朋友，也常常會碰到，我總是試圖在他們臉上找回革命者的孤獨感，如果我能夠找到一絲絲的孤獨，我會覺得很高興，雖然我不知道會不會因為這個夢想，使他的官做得不倫不類？

這可能是我的問題吧！

也許我應該再寫一篇有關台灣學運的小說，因為世界上很少有學運這麼成功。當年參與野百合學運的人，今天都身居要職，這時候對於學運的反省和檢討，以及對參與的革命者內在孤獨感的檢視，會是一個有趣的題目。為什麼十年來沒有學運了？是社會都改革了嗎？還是所有的夢想都不再激情了？

夢醒時分

七〇年代我在巴黎參加安那其組織，帶頭的是一個姓蔡的香港學生，記憶中他的頭髮很漂亮，我從來沒有看過一個男性有這麼美的頭髮，我發現他每次在跟大家談克魯泡特金的時候，旁邊圍坐的人都在看他的頭髮。就在那一剎那間，我有一個很奇怪的感覺：領袖應該要很美的。

革命這東西真的很奇怪，它的魅力總是來自一些你無法說明的東西。

那個時候，我記得組織裡不管是男性、女性都很迷戀他，每次他講話講到困頓的時候，會出現一種很奇特的表情，柔弱的、自責的……你可能會想，一個革命領袖怎麼會是柔弱的，應該是很剛強的呀？事實就是如此，你可以注意一下，有時候我們投票給一個人，就是因為他的柔弱使你覺得心疼。

這位蔡姓領袖是我所接觸到的第一個學運領袖，他所帶領的團體整個變成美學。我們那時候住在巴黎的一個地下室中，大家睡在一起，有一台打字機，大家輪流打字，辦了一個刊物叫《歐洲通訊》，裡面有很多克魯泡特金的無政府主義思想。很多人出去工作，例如我去做導遊，賺了錢回來就放在一個筒子裡，大家一起用。

我跟很多朋友講過，後來我退出是因為發現有人偷筒子裡的錢。那大概就是我的夢醒時分了吧！我覺得，如此高貴的團體裡怎麼會有這麼骯髒的事情？

所以我們也可以說，革命者的孤獨是革命者迷戀自己年輕時候的潔癖，而且深信不疑。你相信理想是極其美好的，而且每個人都做得到，你也相信每個人的道德都是高尚的，會願意共同為了這個理想而努力。

我現在讀克魯泡特金的作品都是當作詩來讀，因為他一直相信人類終有一天會不需要政府，自動自發地去繳稅、去建設，不需要他人來管理。我年輕的時候相信他，現在的我則相信這個社會一定會有階級，一定會有窮人與富人。

也就是說，當你有一天說出：「哪一個社會沒有乞丐？」時，就表示你已經不再年輕了。

然而，即使你已過了夢想的年歲，年輕時候的潔癖仍然會跟著你，在某一剎那中出現時，還是會讓你寢食難安，讓你想問：「是不是已經老了？是不是已經放棄當年的那些夢想？」

如果說年輕時的夢想是百分之百，過了二十五歲以後會開始磨損，也許只剩下百分之八十、七十、五十或是更少，但是孤獨感仍在。即使都不跟別人談了，仍是內心最深最深的心事。

所以在我的小說〈安那其的頭髮〉裡，我描寫野百合學運的領袖有一頭美麗的長髮，而一個叫葉子的女孩迷戀著他，可是他們之間的男女情感不會激昂過革命同志的情感，因為革命是為了一個更大的、共同的夢想。因此，葉子可以懷著身孕，仍然在廣場上沒日沒夜任勞任怨地做著所有學運的事情；可是背後有一件事連葉子自己都搞不清楚：她迷戀的是頭髮，還是頭髮下面的信仰？

在古老的基督教神話中，大力士參孫的頭髮被剪掉之後就失去力量；而軍隊、監獄管理的第一件事就是剃光頭——我清楚地記得上成功嶺的第一個晚上，當所有人的頭髮都被剃光時，我感覺到大家都變一樣了。

頭髮好像是個人獨特性的一部分，一旦失去頭髮，個性就消除了。有人跟我說，監獄裡再厲害的老大，一剃掉頭髮，就少了威勢。頭髮好像有一種魔力，像是符咒一樣的東西，影響人類的行為。

我在這篇小說裡用了超現實的處理；在月圓的晚上，一陣風吹來，領袖緩緩拉下那一頭異常美麗的頭髮，竟是一頂假髮……從來沒有人發現。

其實克魯泡特金是一個禿頭，他在瑞士寫《一個反叛者的話》時，拍下一張照片，當時他已經沒有頭髮了。這讓我想到把頭髮的意象和革命者的孤獨結合在一起，於是寫下〈安那其的頭髮〉這篇小說。

革命者的自覺

我個人很喜歡這篇小說裡的一段是關於夜晚的廣場，這個場景是我在參加野百合學運時，坐在夜晚的中正紀念堂上得到的感受。在白晝的激情過後，到了夜晚，廣場上年輕革命者的叫囂都沉睡了，我看到廣場上一個一個的睡袋，一張一張稚嫩的臉，有的睡袋裡是男女朋友相擁而眠，我突然有了另一種省思，並且感覺到自己與這些年輕生命的關聯。如果說我愛上了革命者，大概就是在這個時刻。

做為一名女子，如果對所愛戀的男子的意見不斷猜測，相信是堅決的安那其主義者的他所鄙視與反對的吧。

有一次葉子問起他有關女子頭髮長短的問題時，他有些不屑地回答說：

「解放的安那其的女性是不會以男子的悅樂為自己生存的目的的。」

他說完之後，似乎也自覺到對問話者不屑的表情。長久以來和平的安那其主義的內在訓練使他立刻對自己的行為有了反省。他平息了自己的情緒，有些抱歉地撫愛起葉子的一頭長髮，安靜地說：「葉子，有關頭髮的問題，並不是安那其主義的重點。」

葉子同時感覺著黨人的與男子的愛幾乎是唯一的一次。大部分時間，她仍然無法調整好那來自肉體的悸動的貪戀與頭腦思想中理性信仰的關係。

但是，結果她還是把一頭長髮剪短了。

她這樣想：頭髮既不是為了取悅男子而存在，過去存留長髮的許多近於夢幻的聯想其實可以一併剪除。頭髮的確如領袖所言是最接近人類思考部位的產物，也因此沾帶了最多與思想有關的意識型態的辯證在內。

葉子對著鏡子，把一片及腰的長髮拉成一綹，吸了一口氣，決絕地一刀剪斷了。葉子剪完頭髮，看著鏡子裡的自己，有一種煥然一新的感覺，彷彿被剪去的不是頭髮，而是她屬於過去沒有覺悟的女性的種種。

「革命，真正的革命並不是動刀動槍，而是革除掉腦中腐敗、霸道、墮落的部分。」

黨人們不是常常這樣說嗎？

葉子因此覺得從女性中解放了出來，第一次感覺著安那其不僅要解除人類在歷史枷鎖中有關「家庭」、「國家」、「民族」、「階級」等等腐敗墮落的觀念，也同時連帶地要將歷史加諸於性別上的差異與主從性質也一併解放了。

寫這一篇小說時，我其實沒有考慮到讀者的閱讀，我想很多讀者對這一個領域相當陌生，原因之一是台灣在二次大戰後，思想是被壟斷的，缺乏不同信仰之間的辯論，在戒嚴時代這是不可能發生的事情。就像我高中的英文老師陳映真先生，因為翻譯了一篇馬克思理論的小序言，印給他的朋友，就變成了一個政治事件。在這種情況下，我們缺乏思想思辨的習慣。不如巴黎人在午餐、晚餐、下午茶時，談到一個政治事件就能提出自己獨特的看法，甚至夫妻之間也會有不同的看法。

甚至當年參與學運的領袖都不一定擁有思辨的習慣。學運成功得非常快，大部分的學運領袖可能三十出頭歲就變成政府重要的官員，他們沒有時間繼續保有革命者的孤獨，去醞釀對其社會理想進行思辨的習慣。我的意思是說，他們一下子從受壓迫者變成執政者，沒有辦法繼續發展革命者的孤獨感。

當我重讀這篇小說，有一個特別的感觸：一個社會裡的失敗者角色，其意義與重要性為何？司馬遷的項羽、司馬遷的荊軻，留在歷史上，使失敗者知道他就是該扮演失敗者的角色，使他能發言去對抗成功者，才有所謂的思辨。

對於台灣學運發展的過程，一方面我們會慶幸對一個保守到開始腐敗的政權，在最短的時間內引起社會的反省與檢討；可是另一方面，新的力量立刻取代舊的，反而無法延續反省與檢討。所以在小說中，葉子懷孕後離開領袖，她好像發現了原來自己是因為愛上領袖的頭髮才變成安那其的黨人，當她離開後，又開始穿起小碎花的裙子、蕾絲邊的襪子，回復到受安那其主義批評為「小資產階級」的小可愛女性形態，但她覺得，她還是要回來做自己。

我當時隱約覺得，如果革命者不是因為充分認識自己而產生的自覺，革命會變得非常危險。

佛學與革命的糾結

清代末年有很多動人的革命者形象，其中之一就是譚嗣同，他是康梁政變六君子之一。他是學佛的人，卻走向激烈的革命，康梁政權失敗，滿清政府在逮捕黨人時，他其實有充分的機會可以逃跑。但他對梁啟超說：「你一定要走，我一定要留。沒有人走，革命無以成功；沒有人留，無以告所有曾經相信這次革命的人。」他決定扮演走向刑場的角色。

我相信，譚嗣同內心裡有一種空幻、一種虛無、一種無以名狀的孤獨，使其將佛學與革命糾結在一起。當他覺得生命是最大的空幻時，他會選擇用生命去做一件最激情的事情，如同我在敦煌看到六朝佛教的壁畫那些割肉餵鷹的故事，我想，那是非常激情的。

譚嗣同讓我們看到一個孤獨的革命者最高的典範吧！其性格延續到了共產黨成立時另一個有趣的革命者：瞿秋白。台灣大概很少有人知道這號人物，他的書《餓鄉紀程》在台灣也不容易買到。瞿秋白是一個學佛的文人，會刻印、寫書法、搞詩詞，但是他突然對文人世界的委靡感到不耐，決定出走，所以在一九一七年聽到俄國發生革命時，儘管對俄國一無所知，他還是進了同文館開始學俄文，然後坐火車一站一站慢慢到了俄國。《餓鄉紀程》就是記錄這一段過程，描述與他同行的清朝官吏在車上打麻將，和小太太玩得一塌糊塗時，他卻在苦啃俄文，相信俄國革命成功了，中國革命也一定能成。

我們看到一個學佛、浪漫唯美的文人，卻是最早翻譯共產黨宣言，把共產黨最重要的一首歌〈國際歌〉翻譯為中文（原來是法國巴黎公社的歌曲，後來譯成各種語言為全世界共產黨黨員所傳唱）。瞿秋白回到中國以後，就變成共產黨的領袖；但他終將成為《史記》裡的失敗者。在他成為領袖後，他突然發現自己不是一個領袖，他是愛美的、他是柔弱的，他也鬧出了一些「傳聞」，聽說他和沈從文、丁玲、胡也頻等人在一起時，共產到連婚姻愛情都共產。

八一年我在美國見到丁玲，曾經親口問他這件事，她矢口否認。不論傳聞真假，革命者之間的感情原本就是世俗之人難以理解的。

胡也頻後來被國民黨槍殺，丁玲被安排化裝成一名農婦連夜送到延安，蔡元培和瞿秋白都是保護她北上的關鍵人物。後來在剿匪時期，瞿秋白因為領導無力在福建被抓，關在長汀監獄，這時候他寫了一本很重要的作品，後來在八〇年代由香港明報登出，叫做《多餘的話》，這是他臨終前的作品。

現在談瞿秋白很少人知道，在台灣他是一個共產黨，在大陸他則被當作共產黨的叛徒，就是因為他寫了《多餘的話》。在《多餘的話》裡，他談到自己根本不適合作為共產黨，更不適合當一名領袖，他無法拋棄內心對唯美的追求。有興趣的朋友，可以閱讀《餓鄉紀程》和《多餘的話》這兩本書，就能看到瞿秋白從堅定的信仰到信仰的幻滅，竟有這麼大的落差。我想，如瞿秋白一樣的人，將來都會是新《史記》裡的重要角色，他們都是矛盾人性的組合，在整個時代的變遷中，其豐富的性格是最值得書寫的。

瞿秋白最後要槍決時，行刑者要求他轉身，他說：「不必。」就面對著槍口，唱著自己翻譯的〈國際歌〉結束生命。他留下一首詩：「夕陽明滅亂山中，落葉寒泉聽不同。已忍伶俜十年事，心持半偈萬緣空。」一個共產黨領袖最後寫出來的絕命詩，根本就是一個高僧的句子。

從譚嗣同到瞿秋白，他們都是失敗的革命者，後面繼承的人或許成功了，但就像《史記》裡的劉邦，成功的人不會可愛，可愛的一定是這些失敗的孤獨的人。

文學有時候會看到一些邊緣的東西，不一定是在當代論斷。包括我自己在寫〈安那其的頭髮〉這篇小說時，我一直在想著從清末民初到現代學運革命者之間糾纏與複雜的關係。

如果還有文學……

不知道大家是否還記得美麗島事件？我當時從墾丁到高雄，正好遇到這個事件，捲入事件的人有很多是認識的朋友，包括小說家王拓。王拓的父親和哥哥都是漁民，相繼喪生海上，他在小說裡寫八斗子家族的故事，卻在那個年代被套上「鼓吹階級革命」的罪名受到撻伐。我剛從法國回來，天真爛漫，就寫了一篇序支持他，因此被大學解聘。這事現在回想起來還是覺得很過癮——我為自己相信的東西，做了一個無怨無悔的選擇。

王拓是當時的受壓迫者、失敗者，原本懷抱一個苦悶的夢想，為漁民的悲苦發聲，使人相信文學應該要涉足生命的領域，但是今日的文學，如果還有文學，它的觸手應該伸向何方？

前陣子，我打開電視看到兩個人，一個是王拓，一個是詩人詹澈。詹澈在台東農會，是二〇〇二年農漁民大遊行的總幹事，我在編《雄獅美術》「鄉土文學」時認識他，向他邀稿，當時在服兵役的他每次放假就會穿個軍裝跑到雄獅的辦公室來找我，我們會一起談他寫的詩。後來他娶了女工葉香，回到台東從事基層的農工運動。在電視新聞裡，我看到王拓和詹澈同時出現，前者代表執政黨，後者是民間的聲音。看到這個畫面，我有一種好深好深的感觸，他們都是我非常好的朋友，可是目前他們代表的其實是兩種對立的角色。

這個社會當然需要不同的角色，也必須要有「務實」的人，可是從文學的角度來看，這兩個人的對比立刻反映了角色的荒謬性。

二〇〇二年的選舉，我看到選前宣布退選的施明德，想到在美麗島事件發生時，我天天急著看報就想知道他有沒有被抓到？他一直在逃，就像一個小孩子與一個巨大機器的對抗，他的逃亡變成我的一種期待，我好希望他不要被抓。我想如果我要寫新《史記》，我該如何定位這一號人物？他究竟是一個荒謬的過氣人物，沾帶著一個被人嘲笑的夢想，還是代表一個巨大夢想破滅後孤獨的失敗者？

我不在意政黨政治，就我所相信的安那其信仰而言，安那其永遠不會存在於權力之中，永遠是在一個邊緣、弱勢的對抗角色。就像施明德，在那個年代曾經一度被喻為「廖添丁」一樣的人物。廖添丁也沒有做過什麼事，不過是劫富濟貧，可是民間會覺得這個人真的可愛，因為他用了一種頑皮的方法去對抗統治者這座巨大的機器。

巨大政治機器的角色在任何時代都不會改變，可是誰會是下一個廖添丁？或者，大家以為像廖添丁的角色是可以不存在了嗎？

我不在意政黨政治，我在意的是在家庭、在學校、在社會、在政治中，那個克魯泡特金自稱的「反叛者」角色，還在不在？

反叛者不會是政黨裡、家庭裡、學校裡、社會裡那個「聽話的人」，而是一個讓你恨得牙癢癢的人，他扮演的是平衡的角色和力量。有的社會認為反叛者是急欲除之而後快；有的社會則是把反叛者視為「你」和「我」互動所形成的推力，我想，後者是比前者可愛多了。

同時，反叛者也不應該是被當政者所讚揚，或者說「收買」、「收編」的。《水滸傳》裡一百零八條好漢都是因為各種遭遇而了解到自己與政權之間絕對對立的關係最後被逼上梁山。可是，在小說最後作者留下一個很有趣的謎：到底宋江有沒有接受招安？

有人認為宋江接受招安，成為政府的正規軍，也有人認為他繼續在梁山上替天行道；這兩種結局使得一百零八條好漢的角色定位有了分際。

安那其主義其實是另一種形式的梁山泊，你自己知道內心裡那個反叛者的角色，永遠不被收買，永遠不被收編。

難道學運到此為止？

學運曇花一現，但是社會裡性別的問題、階級的問題以及其他社會問題，都還需要有更多反叛者促使其覺醒，為什麼不再有學運了？難道學運到此為止？下一個覺悟的學生會是誰？

如果我要動筆寫一本現代《史記》，我將要記錄誰？是荊軻，荊軻在哪裡？是項羽，項羽在哪裡？是卓文君，卓文君在哪裡？我該如何書寫這些決絕者在革命時刻的孤獨感？

「革命」這個字義長期以來與「政治」劃上等號，但我相信它應該有一個更大的意義，就是如克魯泡特金所說的「反叛者」，是對自我生活保持一種不滿足的狀態進而背叛，並維持背叛於一個絕對的高度。

所有的政權，不論是如何起家，最終都會害怕革命。可是厲害的政權甚至連革命都可以「玩」，全世界大概沒有人玩革命比得上毛澤東，他可以把革命變成一部戲：戴上紅臂章（不要小看這個象徵性的動作，代表了毛澤東也是紅衛兵的一員）支持坐在天安門前的學生，並且說了一句全世界執政者都不敢說的話：「造反有理」，因為他這麼一講，沒有人想到他就是要被造反的對象，所以全部的人都被反了，除了他。這是極高明的招數，只能等歷史去算這一筆帳。

革命會被篡奪，革命會被偽裝，革命會被玩弄於股掌之中，所以對真正的革命者是更大的考驗：要在什麼樣的環境裡去保有革命的薪火相傳，才能把孤獨心念傳遞？

我真的覺得革命並不理性，是一種激情。而古今中外的革命者，都是詩人，他們用血淚寫詩，他們用生命寫詩，他們所留下的不只是文字語言的美好，更多是生命華貴的形式。

而對台灣的學運，我總有一種矛盾的情緒，既高興它很快的成功了，又難過學運成功得太快，人性裡最高貴的情操不足歷練，人性的豐富性也來不及被提高，是一種悵然若失的感覺吧！

每每在電視上看到那些熟悉的面孔，在國會議堂中發言，我就會想起他們曾經擁有過的光采，想起他們談起理想時熱淚盈眶的表情……我只能說，是不是有一個生命在他們心裡消失了？在短短幾年之中，他們忘了自己曾經相信過的那個巨大的夢。

我相信，現實的政治其實是夢想的終結者，如果現實的政治能保有一點點夢想，將是非常非常可貴。

至於書寫者？

當司馬遷在漢武帝年代寫楚漢相爭時，已是在事件發生七十年之後，這本禁書在知識分子間流傳，讓知識分子們有所警惕，知道自己的操守是會如此被記錄的，我相信，這便是文學書寫者所扮演的角色。

暴力孤獨

卷四

暴力孤獨

暴力會因為被掩蓋而消失嗎？我不認為。

暴力孤獨

如果暴力是一種野蠻，
我們的矛盾即在於
人一旦沒有了野蠻和暴力，
反而開始失去生存的力量。

在世俗的角度裡，尤其是漢文化中，「暴力」兩字一向不是好的字眼，如果你有注意到近代或現代的西洋美學，會發現有一個不陌生的名詞，就是「暴力美學」。暴力美學用在繪畫上、在電影上及戲劇上，指的是什麼？我想以此作為暴力孤獨的切入點。

二次世界大戰後，五、六〇年代之間，英國畫家弗朗西斯．培根（Francis Bacon）在作品中畫上一些不是很清楚，但感覺得出來的人體，彼此擠壓著，好像是想征服對方、壓迫對方，或者虐待對方。那種人體和人體的關係，那種緊張的拉扯，培根不完全用具象事物表達。觀看弗朗西斯．培根的畫，畫面上有一種侵略性的，或者是殘酷性的力量，這個力量很大，觀賞者並不清楚裡面所要傳達的真正意涵，卻可以從畫面中得到一種紓解、釋放，感覺到快樂，這就是「暴力」和「美學」的結合。

暴力美學使得Aesthetics（美學）這個字，不只表達表象的美，還包含著人性不同向度的試驗。如果暴力是人性的一部分，那麼在美學裡，如何被傳遞？如何被思考？如何被觀察？如何被表現？這些都變成重要的議題。

在培根之前，大約一九二〇年代左右，有很多德國表現主義的畫家，就已經有暴力美學的傾向，畫面上常常有很多爆炸性的筆觸，有非常強烈的，使視覺感到不安的焦慮性色彩，這些都歸納在暴力美學的範疇裡。

潛藏的暴力本性

我們一向認為藝術是怡情養性，記得我小時候參加繪畫比賽得獎，頒獎人對我說：「你真好，畫畫第一名，將來怡情養性。」聽完，我的心情是矛盾的，我發現我在畫畫時，並不完全是怡情養性，我像是在尋找自己，揭發自己內在的衝突，所謂怡情養性，似乎是傳統對於美學概念化的看法。

現代美學的意義和範疇愈來愈擴大，不只是一個夢幻的、輕柔的、唯美的表現，反而是人性最大撞擊力的呈現。和德國表現主義同一時間出現的是法國的野獸派，曾經在台灣展覽的馬諦斯就是這一派的畫家，他的畫作用了許多衝擊性的色彩，巨大的筆觸好像是要吶喊出一個最底層的、快樂的嚮往，這些都跟我們要談的暴力美學有關。

二次世界大戰以後，暴力美學在西方美學領域，開始扮演非常重要的角色。六〇年代法國的「殘酷劇場」（Théâtre de la Cruauté）創辦人阿鐸（Antonin Artaud），在小劇場的舞台上，用很多碰撞人性的元素，在劇場中造成驚悚和震撼的力量，和傳統戲劇所表達的概念非常不一樣。一直到現在，殘酷劇場的表現形式在西方劇場中，還是有很大的影響力，例如之前來過台灣的德國現代舞大師碧娜．鮑許（Pina Bausch）。

碧娜．鮑許的作品部分延續了七〇年代殘酷劇場的東西，例如舞者從很高的地方往下跳，下一次的表演再從更高的地方往下跳，她一直在挑戰觀眾對舞者在舞台上肢體難度的驚悚度。

小時候我很愛看馬戲團，記得民國四十年左右，有一個沈常福馬戲團，馴獸師為了讓觀眾知道，這隻獅子已經完全被馴服，就將自己的頭放在獅子的嘴巴裡，在那一剎那，我竟然出現一個很恐怖的想法，希望獅子一口咬下去！當時我的年紀還很小，當天晚上做的夢，就是那隻獅子真的咬下去了。這個不敢說出來的、屬於潛意識裡的恐怖性和暴力性的念頭，會讓人處於一種亢奮的狀態。我想，應該有一種奇怪的暴力美學潛藏在我們身體裡面，只是大家不敢去揭發，並且讓它隨著成長慢慢視之不見了。

喜歡看馬戲團表演的人就會知道，空中飛人若是不張網演出，那是最高難度的表演，往往會讓當天的表演票賣得特別好。那些人意圖去看什麼？就是去看自己在安全的狀態中，讓他人代表著你，置身於生命最巨大的危險中。我們看高空彈跳、賽車、極限表演，都是藉助觀賞他者的冒險，發洩自己生命潛意識裡的暴力傾向。

暴力美學可以探討的議題，絕對不簡單。一九〇〇年，佛洛伊德發表《夢的解析》，他認為性是人最大的壓抑，所以潛意識當中很多情慾的活動，會變成創作的主題跟夢的主題，可是他忘了一件事，暴力也是人的壓抑。如果從人類的進化來看，人在大曠野中過著和動物一樣的生活時，最暴力的人就會成為領袖，所以我們看到所有的原始民族，身上會戴著凶猛動物的獠牙，表示他征服了這隻動物，他是部族的英雄，這些獠牙飾品就是在展現他的暴力性。

我到阿里山的鄒族看豐年祭，儀式進行中，他們會抬出一隻綑綁的豬，讓每個勇士上前刺一刀，讓血噴出來，表示儀式的完成。一旁的人看了覺得難過，因為那隻豬毫無反抗能力。但是這個儀式在最早的時候，不是用一隻馴養的豬，而是一隻衝撞的野豬，如西班牙的鬥牛，人與動物要進行搏鬥，這不就是暴力？

我們現在稱為「暴力」，但在部落時代卻隱含人類生存最早的價值，和高貴的情操，部落的領袖都是因為暴力而成為領袖，他可以雙手撕裂一隻山豬的四肢，可以徒手打敗一隻獅子或老虎，過程絕對都是血淋淋的，在血淋淋的畫面中，還有部族對成功者和領袖的崇拜與歡呼。

那麼當領袖進入文質彬彬、有教養的時代，這個潛藏的暴力本性到哪裡去了？

人類內在的黑暗

暴力美學其實隱藏了一個有趣的角色轉換的問題。幾年前，美國華盛頓發生恐怖事件，有人持槍在街上掃射，使大家都不敢出門，這是一個暴力事件，所有的媒體都譴責這項暴力。可是當我們注意到行兇者的背景，其實是波斯灣戰爭的英雄，也就是說，這個人有兩個角色，當他在伊拉克殺人的時候，他是被鼓勵的，他是合法的殺人，他殺得愈殘忍，獲得的勛章愈多，當他回到自己國家時，他變成不合法的殺人犯，那麼暴力到底是該鼓勵還是恐懼？

我想，我們可以把暴力分成兩種：一種是合法暴力，一種是非法暴力；我們都在鼓勵合法暴力，但是在戰場上，鼓勵士兵殺敵，一旦戰爭過去了，他回到了一般人的生活，該如何延續他的生命？在越戰的時候，就有人討論過這個問題，七〇年代的電影導演弗朗西斯・福特・柯波拉（Francis Ford Coppola），其作品《現代啟示錄》（*Apocalypse Now*）也在探討暴力美學的角色轉換，影片依據康拉德（Joseph Conrad）的原著小說《黑暗之心》（*Heart of Darkness*）所改編，小說其實是虛擬了一個戰場，探討人類內在黑暗暴力的部分，柯波拉改以越戰為背景，成就近代一部了不起的史詩性電影。

其中，有一幕驚人的畫面，以華格納歌劇交響樂搭配整隊直升機進行大屠殺，堪稱經典，讓人印象深刻，那是非常驚人的暴力美學，你會在一剎那之間，搞不清楚這到底是不是暴力?那個投彈的美國人在那一刻簡直成為上帝，你這個時候跟他講暴力嗎?他不會覺得那是暴力，那是偉大的戲劇。

暴力和美學的糾結，在人類歷史起源甚早，我們聽過暴君尼祿・克勞狄烏斯・凱撒（Nero Claudius Ceasar）的故事，他是羅馬最後一個皇帝，我覺得他是一個藝術家個性的帝王，熱中於娛樂、演戲，他以「偉大的藝人」自居。他最後一件作品是放火燒羅馬城，在歷史上他被當成一個暴君，一個瘋狂的皇帝，但是他在暴力和美學之間，投下了一個非常曖昧的點；如果你有權力，你會不會焚燒一座城市?這個問題是一個人性的挑戰。我相信在我們的文化中，尤其是知識分子，始終不敢赤裸裸地去談暴力的本質，在我們成長的過程中，這個部分變成最大的禁忌，但這並不表示我們對暴力美學不曾有過嚮往。

暴力轉化成美學

不知道你有沒有接觸過黑道的世界、幫派的世界?

我從來沒有混過幫派，可是從小學開始，身邊一直有這樣的朋友，一些大哥級的人物都會問我：「有沒有人欺負你呀?」小學五年級的時候，我遇到滿身刺青的人，就會覺得他們很棒、很講義氣，會一直保護我的感覺。上初中時，他們有好些是在市場上賣菜賣肉，相遇時就會給我一大塊肉，或是一大把青菜，我媽每次問我誰給的，我都不敢說實話。

幫派是在我所受教養之外的世界，我隱約覺得裡面有一個驚人的儀式；偶爾他們透露出對兄弟的義氣，那種兩肋插刀的江湖豪情，我也覺得非常動人。這種情操是在政治的爾虞我詐裡找不到的。這種暴力你如何看待？

中學的時候，班上哪些人混幫派，是竹聯幫或是四海幫，大家都知道。從耳語中，我們會知道哪個人的屁股被捅了一刀之類的事！為何青少年特別容易發生這樣的事？我相信跟潛意識中的某個東西是相通的。青少年的身體剛剛發育，內在原始的暴力慾望會爆發出一股征服的力量，那是原始的人類在自然和曠野中，以體能保護族群的遺傳基因，在現代人身上沒有完全消失，只是今天我們用道德將暴力劃分為不好的、不對的，於是一種在原始社會裡偉大的情操，變成一種被禁止的行為。

陝西作家賈平凹的作品《懷念狼》，是一部有趣的小說，他說陝西很多狼，隨時會出來吃人。狼有各種的計謀，會趁母親不注意時吃掉小嬰兒的五臟六腑；會偽裝成人，用後肢站立，搭夜歸人的肩膀，在他回頭時一口咬住。狼在當地有很多的傳說，而他們認同的英雄就是屠狼的獵人。後來狼愈來愈少，中央派來了幾個環保專家，將狼編號，編了十五號，只剩下十五匹狼了，所以提倡保護狼，而屠狼的英雄就變成謀殺者。

這是一部了不起的小說，裡面提到野蠻到底是什麼？如果暴力是一種野蠻，我們的矛盾即在於人一旦沒有了野蠻和暴力，以為那就是完美的人性了，實情卻恰恰相反，人反而開始失去生存的力量。文明和原始，進步和野蠻可能同時並存嗎？如何保有暴力，而把暴力轉化成美學，我相信是暴力孤獨者一個重要的過程。

滿足暴力的慾望

在青少年的世界裡，所有的行為都可能與暴力有關。因為他的身體發育之後，有非常旺盛的生命力，但心智的成熟度又還不能控制這股力量，使他覺得好像是身體要去做某些事情，他必須讓他的手和腳去做那些事，才會覺得開心。我在巴黎看到有好多特別規劃給青少年專用的空間，他們在那邊玩、跳、做各種高危險的動作，而看到的人也會不吝惜地給予掌聲。如果他們不這麼做，可能就會去打架鬧事，這個空間其實是在幫助他們將暴力轉化為美學。

看過賽車嗎？那真是暴力，很多選手一翻車之後，屍骨無存，抬出來都是血淋淋的。為什麼人們不禁止這個活動？大概是了解到人類文明的發展，對於暴力的評價就是兩極的，你希望它不存在，又不希望它真的消失。不信你試試看，如果你的孩子沒有半點發洩暴力的衝動，一點也不想挑戰困難、危險的事，你會不會感到擔心？我的意思是說，暴力的為難就在於，我們怎麼讓一個生命知道暴力沒有絕對的好或不好，他必須有自己暴力發展與認知的過程，讓他能控制內心裡潛在的暴力？

現在的電影有兩個分級的標準，一個是性與色情，一個是暴力，這兩樣絕對是人類跨入文明的兩大禁忌，也就是人類「想要又不敢要」的東西。不要性，你覺得好嗎？你覺得性不好，這個社會老是會有色狼、性騷擾，但如果你的丈夫或是你的兒子都沒有性的慾望，你大概也會覺得麻煩吧！我們很少去想這麼兩極的問題，兩極的問題容易引起爭議，可是有兩極就會有兩難，而這樣的問題就愈應該被提出來探討。

性被拿出來討論的機會愈來愈多，可是暴力始終還沒有，因為暴力很容易被歸入不道德、野蠻，而試圖將其掩飾。我相信暴力跟生存之間有密切的關係，是極複雜的問題。前文提到我小時候看馬戲團的經驗，馬戲團的很多表演都有暴力的因子，這樣的暴力到底滿足了什麼？

很多人都看過暴力電影吧！什麼叫作暴力電影？不是列入限制級的電影才算，暴力其實無所不在。《鐵達尼號》那場聳動的船難，所有人在極度悲慘狀況中呼喊，災難本身不也是一種暴力？為什麼我們要花錢買票看災難，而且還要求要拍得愈真愈好？因為拍得愈真，

暴力孤獨

暴力往往不是一個單純的動作，暴力本質呈現的是人性複雜的思考。

愈能滿足我們潛意識對暴力的慾望。所以儘管人類文明走向反暴力，暴力片始終沒有消失，災難片也一直都在，我們還是喜歡看《舊金山大地震》一拍再拍，喜歡看巨大的金剛出現，把紐約大樓踩得粉碎。電影裡巨大的暴力，滿足了什麼？

這一個接一個的問號，你可以反問自己，性會變成偷窺，暴力也會變成偷窺，電影是我們偷窺暴力的管道。但是，偷窺只會讓我們觸碰到一點點內在不為人知的邊緣，還沒有到核心。二十世紀之後，人們可以坦然地去面對暴力美學這個議題，才漸漸觸到了核心，當暴力被提升為美學的層次後，反而是最不危險的狀態——不論是性或暴力，在被壓抑時才是最危險的；公開討論能提供一個轉化的可能，使暴力變成了賽車、摔角或是巴黎街頭給青少年的遊戲場，在這個空間裡，暴力合法化了。

合法與非法的暴力

如前面所提過的例子，在波斯灣戰場上奮勇殺敵的英雄，回到美國繼續殺人時，他變成了暴徒、恐怖分子。是殺人不合法，還是殺美國人不合法？牽涉到的是暴力的本質。

只要那位戰場上的神槍手還活著，居住在華盛頓的人就會感到不安，因為不知道他在哪裡？不知道下一個受害的人是誰？他所謀殺的對象，都是與他沒有關係，是他不認識的人，這就是暴力本質。當暴力有特定對象時，比較容易探討其動機，反之，暴力的本質是為了暴力而暴力。

就像司馬遷談到「俠」這個主題時，說：「俠以武犯禁」，握有武器或以武力干犯禁忌的人叫俠，所以政府怕俠，秦漢之際，中央政府大力消滅的就是俠客。有人認為中國九流十家中，被消除得最乾淨的一派就是墨家，墨家就是俠的前身，因為墨子是一個打抱不平的人，他創立的是一個替天行道的流派，一個劫富濟貧的流派，墨派變成俠最重要的來源。

中央政府訓練軍隊，是有法律保護的合法暴力，「我訓練的人在我的命令底下，去打我認為可以打的人，去屠殺我認為我要屠殺的人」，這是合法的，然而俠不遵守中央政府的法令，他以其獨特的意志行事，甚至可以違反中央的命令，所以秦始皇或是漢武帝都曾經整肅遊俠。

我們今天對「俠」這個字很有好感，喜歡看俠的故事，其實用另一種角度來看，俠就是當時的甲級流氓，登記有案，被秦始皇和漢武帝遷到都城就近看管。他們知道這一類的人不好搞，放在民間很危險，所以遷遊俠至都城，成功地消滅俠的勢力。俠放在江湖裡最危險，但收編之後，反而不危險，這是中央集權者的聰明做法。歷代的開國君主打天下時，都有得到俠的幫忙，以今天的話來說，就是得到黑道的幫忙，古今中外皆如此，沒有例外。只是在政權建立之後，要如何來用這些人，就會產生合法暴力和非法暴力的微妙關係。

觀看美國的《教父》系列電影，你會知道，所謂暴力遠比我們想像的複雜，絕對不是幾個小流氓打打架而已，教父是遊走在合法和非法之間，包括國會議員都是他的人，你可以想像他能做到像甘迺迪槍殺案那樣，到現在還沒有辦法破案，背後的黑道力量大到什麼程度？我們無法想像。

政府的軍火買賣也會運用所謂的高層和黑道之間的關係，這種買賣的金額大到幾百億美金，使類似案件的處理難上加難。暴力，絕對不只是動拳頭的問題，透過一層一層之間的牽連，會糾纏成一個政治富商與所謂的黑道之間的複雜關係。

如果前述那位在華盛頓被逮捕的槍手，有機會在審判庭上侃侃而談，我相信會非常精采。他辯論的內容將會觸碰到合法暴力與非法暴力的議題，可是我懷疑這個畫面會不會在電視上播放出來？他提出的質疑可能會動搖美國人的基本信念，美國在越南做的事不是暴力嗎？在阿富汗做的事不是暴力嗎？在伊拉克做的事不是暴力嗎？而在這個時候，我們對暴力的本質就能有更多樣的思考，同時就會發現自己早已經被劃分在一個合法暴力機構裡，去抵制非法的暴力。

法國劇本作家卡繆，在作品《正義之士》（*The Just Assassins*）裡面，提到在俄國革命的時候，有幾個無政府安那其組織的黨人，設計一個非常周詳的計畫，要謀刺俄國暴君。行刺當天，殺手看到暴君旁邊的兩個孩子，一派天真爛漫的模樣，他下不了手，忽然開始檢討起暴力的本質。此劇本在法國引起很大的討論，到底殺手是婦人之仁還是革命本質上的一個暴力的再認知？

其實沒有答案。我相信大部分的人在那一剎那都會猶疑，就是我要殺的是這個暴君，他該死，可是那兩個孩子不是無辜的嗎？要怎麼去面對孩子的死亡？人常常陷在兩難之間，就會想以黑白分明的邏輯，將問題簡化：十惡不赦的人就該死！然而，所有的文學家、哲學家，他們的思維都是從這些十惡不赦的人身上去發展，不然文學與哲學都失去意義。

從這個角度來看，陳進興的死亡也應該是我們談暴力孤獨時一個重要的議題。從法律、從受難者家屬的角度去看，他是一個十惡不赦的壞人，若是從暴力孤獨的角度去看，他所表現出來的暴力本質，正是對人性的顛覆。

這件事情發生在一九九七年，震驚整個社會，我記得當他潛藏到天母某一個大使館家中，電視二十四小時轉播。那天我到學校上課時，沒有一個學生來，事後他們還反問我：「你怎麼會來上課？」

那是在台灣空前偉大的一個「暴力儀式」，從年紀最大到最小，都在電視機前面參與，我不覺得那只是陳進興的個案，而是代表全台灣對於暴力的聳動和暴力潛意識的渴望，當時人們面對這個事件的心態，就像我小時候看到馴獸師把頭放在獅子的嘴巴裡一樣，又希望他被咬，又希望他不被咬。哪邊的比重比較高？我不敢去想。

人性裡還掩蓋了多少我們不自知又不敢去想的狀態？

春秋戰國時候，孟子說人性本善，人是性善的發揚；另一個非常大的荀子流派，則說人性是惡的，因為性惡，才需要很多的教養和禁忌去限制。這兩種絕然不同的流派，爭論不休；到了今天，好像孔孟之道的「人性本善」論是主流，然而，既是人性本善，何來那麼多的禁忌與法律？

性善論本身有漏洞、有矛盾，人性中的確存在一種我們無法捉摸的東西，若我們的文化裡只是一味地發揚孔孟之道，忘掉像荀子這一類提出不同思維的哲學家，我們在面對各種社會現象時，就會失去思考的平衡點。我相信，荀子的哲學若能繼續發展，就會發揚出所謂的暴力美學。

潛意識裡的暴力美學

司馬遷的《史記．刺客列傳》不只是寫出了革命孤獨裡的荒涼感，也有很精采的暴力美學。其中一則是提到豫讓行刺趙襄子。豫讓效忠智伯，但智伯被趙襄子所害，所以豫讓要替智伯報仇。他第一次要去行刺趙襄子失敗，反被抓住，趙襄子覺得他是個義士，就把他放了。豫讓不死心，他想已經被看到臉了，再去行刺會被認出，他回去之後就把整個臉皮削掉，把自己毀容，再去謀刺。第二次又被捉到，又被放了，他回去吞炭，連聲音也變了，再去行刺。第三次他又被逮捕，這次趙襄子不能再放他，而豫讓還是非殺他不可，所以就向趙襄子要了一件衣服，刺了三刀，表示仇已經報了，他再自殺。

這個故事裡面有非常驚人的暴力美學元素。《史記》裡面的刺客，如荊軻，常常被提到，因為他以堂皇偉大的革命為目的，可是豫讓的行動沒有革命的主題，他只是在替人報仇，他要殺的人也不是什麼暴君，所以大部分的人不敢談他，談了好像就是鼓勵暴力，但是在春秋戰國時代，這樣的暴力卻是激發人心的故事。

香港在七〇年代，有一個導演張徹，拍了一系列武俠電影，充滿了血腥殺戮，當然沒有像西方的暴力美學那麼完整，可是他已經觸碰到了暴力美學的邊緣。

張徹曾經把傳統戲曲京崑的《盤腸大戰》帶到銀幕上，那真是驚人的畫面。所謂「盤腸大戰」就是戰士在戰場上殺人，殺到最後腸子流出來，還苦戰不休，最後把腸子打個結，盤在身上，繼續咬牙死戰。我小時候聽到「盤腸大戰」覺得好美，長大了才知道那是壯烈殘酷的暴力美學，而這樣的東西在我們的文化裡，一直被消毒、一直被過濾，一直不敢去觸碰、去揭發，我們期待這麼做，暴力就能消失。

暴力會因為被掩蓋而消失嗎？我不認為。

中國文學還有一本小說也是暴力美學的經典，那就是《水滸傳》。梁山泊好漢在冠上替天行道的大帽子後，他們殺人的行徑是很驚人的。你到梁山泊的館子裡坐下來，要了包子吃，吃著吃著，就會吃到人的指甲，而這個指甲的主人不是老闆的仇人，可能只是個被打劫的過路客商，剁肉成材料。讀到此，你一定也會覺得毛骨悚然吧！我們讀《水滸傳》，讀林沖雪夜上梁山、魯智深大鬧野豬林，都是比較美的畫面，可是像一丈青這一個賣人肉包子的女人，你就很難想像了。

暴力美學在《水滸傳》中，還演發出某種權力，表現在對女性的態度上；且看武松如何對待潘金蓮；潘金蓮衣服被拉開，武松持刀往她那雪白的胸脯上一刀劃下，活活地把心臟拿出來，祭奠武松的哥哥武大郎。看到這裡，我們會覺得這是淫婦的下場，很過癮；可是不要忘了，這是活生生的生命，一個女性的肉體，她的胸膛被剖開，心臟被活活地摘出來，放在祭台上，這是暴力美學。我們在閱讀時，會用自己的道德意識去過濾那種看到馴獸師把頭放在獅子嘴巴裡的快感——我用「快感」這兩個字，也許大家不會承認，可是當我們看到武松殺潘金蓮時，會覺得「過癮」、「淫婦下場就該如此」，不就是一種快感？

只有非法暴力才會殘忍嗎？事實上，江洋大盜處置人都還沒有官方的合法暴力來得凶殘。聽過「凌遲」吧！凌遲是要在犯人身上劃下三百多刀，過程中劊子手不能讓犯人死掉，死掉的話，劊子手有罪。凌遲發展到明朝，還有了新的發明，我們在國外很多的刑罰博物館裡會看到，就是一件鐵線製成的網狀背心，讓犯人穿在身上，縮緊以後，肉會從網洞冒出來，這個時候要「魚鱗碎剮」，將肉一刀一刀地削去。

在國外的博物館展覽，我得忍住眼淚和嘔吐的感覺，才有辦法正視這樣的一個刑具；可是你知道嗎？古代犯人行刑時，是有許多人圍觀的，這是所謂孔孟之道背後驚人的暴力美學，圍觀的人親眼目睹暴力被合法地執行。在魯迅的小說裡，有一些這樣的描述，例如阿Q就喜歡看砍頭，很長一段時間，他和一般人一樣，把砍頭當作一場很好看的戲，知道什麼地方砍頭，也許平常沒有那麼早起，也會早早起床，很快樂地跑去看砍頭。如果被砍頭的犯人表現得有點窩囊，害怕到尿撒褲子，圍觀的群眾還會笑他，然後說「不要怕！不要怕！」、「二十年後又一條好漢」、「那頭砍下來不過是碗大的疤」之類的話，當暴力被道德合法化後，激發出每個人內心裡的暴力意識，反而是最讓人恐懼的。

所以在魯迅的〈狂人日記〉裡面，他說每一種文化都只有兩個字：「吃人」，這是令人沉痛的兩個字。在魯迅寫小說的年代，砍頭的事還是滿街看得到，他發現這個民族是以砍頭作為一個戲劇儀式。現在我們不再把「看砍頭」這件事情合理化，可是有一段時間，如果年長的朋友還有記憶的話，台灣在經濟起飛的時候，搶劫案件愈來愈多，政府為了要殺一儆百，曾經用電視拍攝搶劫犯在處決以前的畫面。那個時候我剛從法國回來，是一九七六到一九七七年間，我在電視上看到這個畫面，與之前看馬戲團的經驗、之後看《鐵達尼號》的經驗連結起來，我們的確是在宣洩潛意識裡的暴力美學。

暴力美學無所不在，可是我們不一定有那麼清醒的自覺，去檢查在我們身上並沒有消失的暴力，對於合法暴力與不合法暴力之間的隱晦性，也不敢多作討論。

暴力不是單純的動作

西方很多國家開始探討死刑廢除的問題。這讓我想到一部電影，就是波蘭大導演克里斯朵夫．奇士勞斯基（Krzysztof Kieslowski）的《十戒》（*Decalogue*），《十戒》包括十部短片，也就是西方基督教裡十件不可以做的事。其中很重要的一件就是不可殺人。

「不可殺人」，很短的一個句子。

影片一開始講一個小男孩和妹妹感情很好，後來妹妹意外被卡車司機壓死。之後，他隨身帶著妹妹的照片，和一個沒有辦法解釋的心結：他恨所有的司機。這個心結變成他積壓暴力的來源，在他十八、九歲時，有一天，他無緣無故地坐上計程車，然後在荒郊野外，把司機殺了。

看到這裡，我們會覺得這個司機很無辜，他不是壓死妹妹的司機呀！但暴力本來就不是有對象性的，當潛在的某一個對生命憤怒的東西一下無法遏止時，就會爆發出來。這是電影的前半段，一個人殺死另一個人的暴力，後來男孩被逮捕了，接下來的處理更為驚人，所有的人都說他十惡不赦，說他很壞，最後他被處死。處死的過程中，在法官的監視下，一個人去替刑具加油滑潤，試試看夠不夠力量，察看底下接糞便的盤子有沒有弄乾淨，整個拍攝的過程讓你看到一個合理的謀殺竟比非法暴力更加恐怖。

這是奇士勞斯基在電影裡面一個非常哲學性的探討，其實「不可殺人」不特指合理的殺人或是非法的殺人，不可殺人就是所有的殺人行為都是不可以的，不應該有差別，當這個孩子殺了司機，是殺人，當這個孩子被判刑，也是殺人，奇士勞斯基要揭露的是所有合理的法律背後，與暴力有關的東西。

暴力往往不是一個單純的動作，暴力本質呈現的是人性複雜的思考，所以歐洲有很多的案件會作非常深入的探討，才做出判決，甚至可能很長一段時間懸而未決。

文明社會裡的暴力

在蘭嶼為核廢料抗爭的那段期間，有朋友傳真連署書給我，要我簽字。我想到不只是核廢料的問題，還有台灣本島兩千多萬人對少數達悟族的一個暴力。這個暴力讓我們理所當然地把核廢料放在蘭嶼，電是我們在用，蘭嶼還沒有電的時候，發電的核廢料就放在他們的土地上。這是暴力，可是我們覺得這是合法暴力，沒有人會去抗爭，直到達悟族人自覺了，要抗爭了，力量還是非常小，甚至可能淪為政治利用，讓人產生同情，到底還是一種暴力——在文明的社會裡，暴力看起來不像暴力，卻又確確實實地使人受害。

我們看到美國每一次的出兵，都說是聯合國的決議，他在爭取暴力的合法性，他是為聯合國出兵，不是為自己。暴力在邁入文明社會後轉化形態，找到合理的位置，這是奇士勞斯基在電影裡所要抨擊的，不論在法律上如何為自己辯護，暴力還是暴力，你必須承認這是一個暴力。

在核廢料的抗爭中，我期待著眾人暴力能被提出檢討，卻沒有發生。有人提出另一個方案，說核廢料若是遷離蘭嶼，那就遷到本島吧，選出的六個本島地方裡，有五個是原住民的村子。如果我是原住民，我會意識到這是暴力，可是我不是原住民，我不容易覺察到自己正在施予一種暴力——當你強勢到某一個程度時，你不會意識到強勢到了某個程度，不管是階級、國家，或是族群，本身就會構成暴力。但要產生這些自覺，並不是那麼容易。

我今天如果買一張飛機票到蘭嶼，我不會察覺到那個地方所受到的暴力壓迫究竟是什麼？但當一個族群發展到最後，連姓氏都不見了，怎麼能說不是暴力的受害者？蘭嶼有一個好作家，叫夏曼．藍波安，他找到自己的名字，可是我去蘭嶼的時候，很多人告訴我，他自己姓謝，我問為什麼都姓謝？他們說因為報戶口的人姓謝，所以他們都姓謝了。

夏曼．藍波安對我說，他現在叫作夏曼．藍波安，可是很難寫在身分證上，因為格子不夠長。強勢是一種暴力，儘管達悟族人數那麼少，少數要服從多數，所以讓他們放棄他們所擁有的特質亦不為過。如果有一天這個族群發展出一個巨大的暴力，是不是也能這樣對我們？

我在一本小說集《新傳說》裡，寫了一個發生在台灣的真實故事，關於一個阿里山鄒族的小孩子湯英生（這當然也是漢族的名字），他離開他的族群，下山到台北一家洗衣店打工。

後來他要趕回家參加族裡的豐年祭，老闆不答應，扣著他的身分證不給，兩個人發生衝突，最後他殺了老闆和他的孩子。表面上這是未滿十九歲男孩湯英生的暴力事件，可是當時有很多作家連署，希望把這件事作為一個族群的議題進行討論，因為族群有仇恨，因為鄒族人一直在讀吳鳳的故事。

吳鳳接觸的原住民就是鄒族，那個出草後來被感動到痛哭流涕的族群。但歷史證明，吳鳳是漢族編造出來，推行王化政策的人物，歷史上沒有吳鳳這個人，可是這個故事卻還是在流傳。出草是一種暴力，但編造吳鳳的故事何嘗不是？我認識的一些鄒族朋友說，每次他們在嘉義上課，讀到這個故事時，就會故意缺席不要上課，因為他們就是割下吳鳳頭的人，嘉義到處都是吳鳳的塑像。我的意思是，暴力有兩種：一種是一看即知的暴力，另一種是看不出來的暴力。出草、湯英生殺人是屬於前者，而吳鳳的故事、法律的死刑則是後者。

強勢與弱勢文化

經由教育、文化、媒體，不斷去壓抑另外一個人或一個族群，就是暴力。在美國，印地安人的保護區，也是一種暴力。小時候我很喜歡看西部片，看著懦弱的警長和很厲害的搶匪殺來殺去，當然滿足暴力的癮。可是這裡面還有一個很有趣的情節，就是一定會有一個嬌

暴力孤獨

我們經常用
不同的暴力形式待人，
打罵是最容易發現的暴力，
對人的嘲諷是暴力、
對人的冷漠是暴力，
有時候……
母親對孩子的愛也是暴力。

弱的白女人，突然被紅番搶走了，紅番搶人當然是一種暴力。於是，白人追追追，然後用蒙太奇的手法，用交錯的鏡頭，讓白人在女人快被紅番強姦的那一刻及時出現，把紅番殺了，女人獲救。在我們的意識形態中，這些原住民跟紅番是應該死的，我們滿足了暴力的合法化。

你把所有暴力影片連結在一起的時候，會隱約感覺到這是在教育我們，讓我們在不知不覺中，形成了所謂強勢和弱勢文化之間的某一種關聯。

如果我是印地安人，我怎麼去看待原本是祖先居住的土地，而今變成白種人行使優越感的地方，而它即使被保護，也是像在動物園裡的動物那樣地屈辱——原本應該在山野裡奔跑的豹，而今被柵欄圍住，所有野性的東西都無法發展。這裡面牽涉到的暴力本質是對生命的征服，在文明世界裡面變成荒謬了，就像最後一匹被列為環保動物的狼，對著大地哭嚎的那種荒涼性，最後喪失的是人類高貴的品質，接著反暴力的形態一起消失了。

當你讀完賈平凹的《懷念狼》的時候，那匹走向曠野的孤獨的狼，就是人類最後的高貴品質，那種不被環保、不被豢養、不被馴服的孤獨——狼馴服了就是狗，都變成狗以後，只有寵物，自我的征服性和自我的挑戰性不存在生命裡面。

婦人明月的手指

在我書寫短篇小說集《因為孤獨的緣故》中的〈婦人明月的手指〉時，其實是台灣發生最多暴力事件的時候。我寫一個女人去銀行領了六十八萬元，在錢被搶走以後，她想要把錢搶回來的反應。在那一剎那，她那被豢養的中產階級個性裡面屬於狼的東西跑出來了，所以她緊緊抓著錢不放。那個搶錢的歹徒原本沒想到要動刀，將錢搶走就搶走了，可是當她的狼的個性出來的時候，對方狼的個性也會出來——暴力是相互的。

在歹徒用開山刀揮砍時，我在旁邊加了一個場景，是一個小孩在玩玩具衝鋒槍，就對著歹徒噠噠噠噠掃射。這是一個荒謬的畫面。可是在荒謬背後，我們注意到，連小孩子的玩具都有暴力本質；我們思考一下，尤其男孩子的玩具，有多少是跟暴力有關的？甚至你看看電腦裡面的game有多少是跟暴力有關的？可是長大之後，家人又跟他說不可使用暴力，可是他的玩具和遊戲不就讓他學習暴力嗎？這裡面的矛盾到底該如何解答？對孩子而言，遊戲比正規教育影響力更大，為什麼我們又要暴力成為禁忌，卻又要在遊戲裡面去完成？

〈婦人明月的手指〉裡有幾個重要的場景，第一個是搶匪出來的時候，第二個是婦人的手指被砍斷之後，鈔票和手指一起被帶走，然後婦人一直跟別人說，她還感覺得到手指和鈔票的關係。關於這段描述，我沒有任何科學的證據，可是我有心理上的證據，這筆錢對她這麼重要，需要緊緊握住，儘管手指被砍斷，還是會黏在鈔票上，遠遠地她仍然可以感覺到手指與鈔票緊緊依附。這當然是一個荒謬的邏輯，所以我另外安排了一個台灣很有趣的角色——大學生，讀很多理論的書，但現實生活經驗很少的人，來告訴明月，這是不可能的，因為中樞神經一旦斷了以後，不可能再有感覺，明月滴著血聽他講一長串的科學理論。這又是另一個荒謬之處！

婦人明月從中小企業銀行中提領了六十八萬元，才走出銀行就遭遇了搶匪。搶匪的動作非常快，明月猝不及防，一疊厚厚的鈔票已在搶匪手中了。

明月先是一楞，在一剎那間，以前從報紙、電視上看來的關於搶劫的種種全部重現了一次。但是，她畢竟是一個強悍的婦人，一旦反應過來，立即奔跳起來，三兩步追趕上了搶匪，向搶匪頭上重捶一記，隨即緊緊抓住那一疊厚厚的鈔票，如母親護衛失而復得的兒子一般，再也不肯有一點放鬆。

搶匪與明月在熱鬧的大街上拉扯一疊鈔票的景象引起了一些路人的旁觀。搶匪是一名三十餘歲黝黑健壯的男子，他或許覺得在眾目睽睽下與一名婦人拉扯的羞恥吧，因此露出了惱怒凶惡的表情決定嚇唬一下這不知好歹的婦人。他的左手仍緊抓住鈔票，右手已迅速從靴筒中抽出了一把鋒利的開山刀。

「啊！」

圍觀的群眾看到了凶器，一哄而散。唯獨一名約八、九歲的兒童，手上拿著一把玩具衝鋒槍，忽然興奮了起來，按動機關，衝鋒槍便噠噠噠噠向搶匪掃去。

我一直覺得這個小孩是在寫我自己，大概就是小時候看到馴獸師把頭放進獅子嘴巴裡的那種快樂。孩子一下子興奮起來，好像發現他的玩具衝鋒槍好像可以變成真的；孩子的遊戲是假的，可是一旦變成真的時候，那種快樂和興奮一下出來。我知道台灣現在有一種叫作野戰營的活動，有些爸爸媽媽會把小孩送去接受魔鬼訓練；有個朋友覺得自己的小孩頑劣不堪，就把他送去魔鬼營，結果那個小孩回來說：「不過癮，有沒有比這個更厲害的？」

我們的正規教育好像是要把一個個活潑潑的生命，變成動物園裡面的熊貓，變成保護動物，原本他們應該在山林裡奔跑，卻都被關閉起來、囚禁起來。

我不知道陳進興小時候有沒有玩過玩具衝鋒槍？就在剎那之間，你會發現社會所謂的暴力跟兒童玩具之間的連結，恐怕都不是我們平常會特別想到的問題。

搶匪一腳把小孩踹倒，回過頭來，向婦人明月大喝一聲：

「還不放手，找死啊！」

看過許多警匪片的婦人明月對於這樣千鈞一髮的時刻反倒有種十分不真實的感覺。她驚懼地看著距離自己雙手只有幾公分的鋒利的刀刃，已完全失去了主張。

這個城市其實還沒有冷漠到眼看婦人明月被搶劫而不加援手的地步。在遠遠的街角的公用電話亭，已經有人悄悄地打一一九報案了。

但是搶匪已被激怒了。他似乎已不完全是為了搶錢而是覺得婦人太不給他面子，便下了狠心，一刀砍下，斬斷了婦人明月的幾根手指。

最先斬斷的是婦人明月的左手的三根手指。血流如注，一疊千元大鈔的藍色票面頃刻染得殷紅了。

婦人明月也許是嚇呆了，並沒有立刻放手。這更激怒了搶匪，便狠狠剁了幾刀，彷彿在砧板上剁斷豬的強硬的腿骨一般，使婦人明月一時失去了九根手指和一部分的手掌。

婦人明月因此眼睜睜看著自己的手指黏在一疊厚厚的鈔票上被帶走了。搶匪臨走時還罵了她一句：「死了沒人哭的！」便跨上摩托車，向西邊逃逸而去了。

「我的手指——」

婦人明月仔細再檢查一次。果然，除了右手大拇指還在以外，其餘的九根手指都只留下殘缺不全的骨節，一圈血紅的印子，尚自滴淌著鮮紅的血。

有幾個膽大的路人又開始逐漸圍攏來觀看，看到婦人失了手指便搖頭惋惜著。

「損失了多少錢呢？」

「六十八萬。」

「啊！唉！」
路人們有著對失去手指和失去錢的不同聲音的嗟嘆；但最終都無奈地離去了。
「發生了什麼事嗎？」

黑色幽默對比

下面這一段是一個大學生的出場，我一直覺得比較得意的，就是這一段。我一邊寫著一直在笑，好像我眼前站著一個大學生，呆呆的。我一直覺得學生就是很好心，又讀了很多書，從小人家告訴他要日行一善，所以他就要去做日行一善的事。他們表達的方法很稚嫩，所以在手指被砍斷的恐怖時刻，出現一個大學生的角色，就會構成一種黑色幽默的對比。

一個穿大學制服，模樣規矩的男生走上來問；他是這條熱鬧的街道上少數不匆忙的路人。
「我的錢。」
婦人明月開始哭泣了起來，她逐漸感覺到手指的痛了。
「你慢慢說啊，哭是無濟於事的。」大學生安靜地看著婦人明月。
婦人於是訴說著整個事件的過程。這也是事件發生之後她有機會第一次清醒地回憶和整理整個事件的過程。

她說：「那個歹徒一定尾隨我很長時間了，因為我在股票上賺的錢存放在這間銀行的事，是連我的丈夫都不知道的。」

她又敘述了有關歹徒可能有接應的合夥人，因為在恍惚中她還依稀記得有人持衝鋒槍衝散了前來搭救她的仗義勇為的路人等等。

婦人明月以為歹徒有接應，其實是那個八、九歲的小孩，拿著玩具衝鋒槍掃射，可是當她回想時，慌亂、混亂的心情使最後的回憶變成了有人拿衝鋒槍接應歹徒的誤導。在這裡，你可以看到，作為一個書寫者必須保持冷靜的旁觀，而當事人則是當局者迷。不管小說、繪畫、戲劇、電影，所有的創作者都要扮演旁觀的角色，才能與劇中人產生對比的邏輯，而讀者也會跟著作者冷靜的敘述，去看這整個荒謬的事件。有時候，你看受難者在敘述事件時，會各說各話，從每個人的敘述中無法拼湊出一個完整的故事。我想，這可以作為一個寫小說的訓練，書寫者可以冷靜地旁觀，去寫出一個新的故事。所以我現在較少看文學名著，反倒喜歡看一些社會新聞，在這些新聞中，人性昭然若揭，反倒成為一些有趣的題材。

婦人明月繼續說——

「他不只是要搶錢唉，他還用開山刀把我的九根手指都砍斷了。」婦人又哭泣了起來。

「手指呢？」

大學生低頭在地上看了一遍。

「黏在鈔票上被帶走了。」婦人說。

「唉，可惜——」大學生惋嘆地說：「現代醫學接肢的成功率是很高的。」

寫到這裡，我忍不住想笑。大學生總是會有一些很合理又很荒謬的想法，不只是大學生，應該是指讀書人、知識分子，會在事件發生時有一些有趣的反應。

「可是——」婦人覺得被責怪了，她便告訴大學生有關切斷的指頭在鈔票上緊緊依附著的感覺。

對婦人明月而言，這些錢是她好不容易從每天的買菜錢攢存下來去玩股票賺的錢，所以她覺得不能放手，即使手指斷了，還是會跟錢黏在一起。其實這是一種心理狀態，就是「指斷心不斷」的意思。這個事件是真實的，在報紙登載時，我看到婦人敘述時的那種委屈，她不是委屈手指斷掉，而是覺得只要手指還能感覺到錢就好，這是一種很難以解釋的人性層面。

「那是不可能的！」大學生堅決地否認。他說：「神經中樞切斷了，手指是不可能感覺到鈔票的。你知道，古代中國有斬首的刑罰。頭和身體從頭部切開之後，究竟是頭痛呢？還是頭部會痛？」大學生示範做了一個砍頭的動作。

「可是，手指緊緊黏附在鈔票上啊！」婦人顯然對斬首以後頭痛還是身體痛的問題並不感興趣，她依舊專注在手指被斬斷那一剎那，那離去的手指如何感覺到一疊厚實的鈔票的雖然短暫但非常真實的感覺。

這裡我其實是想寫出一種心理狀態，當我們失去一樣很重要的東西，心痛到一個程度讓你覺得魂牽夢縈時，它已經變成另外一種存在的狀態。失去的東西反而變成更實際的存在，因為你太珍惜它、太需要它的存在。

「Well——」大學生聳聳肩，他決定這是一個沒有知識的婦人，沒有經由教育對事物有客觀查驗與證明的能力。他心裡雖然充滿同情，但是不打算再浪費時間繼續做無意義的辯論了。但是，他也不願意草率離去。他基於對自己一貫做事認真的訓練，覺得不能因為情緒而動搖。「出發於情緒好惡的離去，不應該是一個理性社會的知識分子所應有的行為。」他這樣告誡自己。

這個大學生自己在那邊想著，有很好的思辨，但不要忘了，婦人明月正在一旁滴血。

大學生因此決定替婦人明月招攬一部計程車，並且指示司機，把婦人送到城市的警察總局去報案。

以下的情節都是報紙上登出來的真實事件，包括婦人明月上了計程車之後，司機發現她手在流血，就一直罵她把後座的椅墊弄髒了。我看到這則新聞時，覺得台灣已經變得很奇怪了，人們好像不知道什麼是悲憫？有時候悲憫是一種煽動，為了一個不相關的領袖死亡，可以哭得一場糊塗，但對於眼前的人的死亡卻沒有什麼感覺。

人類的荒謬

計程車司機是一個壞脾氣的人。他發現婦人手上流的血弄髒了後座的椅墊便十分憤怒，頻頻回頭責罵婦人。

「太沒有道德了。」他說。

「這一整個城市都太沒有道德了。」

「這樣下去這個社會還有什麼希望呢？」

「你看，他媽的X！紅燈也闖！」

這四句是司機的話。讓我想到，有時候荒謬得到合理化之後，就無法檢查其荒謬。

我經常觀察社會裡道德的曖昧現象，就像小說裡的這位司機，他可能平常會捐錢給慈善單位，可是當他遇到婦人明月時的反應卻是這樣子。這是人的荒謬，我們自己也會出現這種兩極化、不統一的反應。absurd這個字，在西方存在主義裡經常被提出來，也就是所謂的荒謬，因為人的行為經常無法統一，荒謬指的就是這個時候的行為與下一分鐘的行為無法連接的關係。

可是，過去我們受的教育經常以為人性是統一的，所以文天祥寫〈正氣歌〉，他就不可能發生這些事情。然而，現代的美學思想已經開始認為，人是許多分裂狀態的不完整的統一，他可能是兩極的。卡繆寫《異鄉人》用的是巴黎發生的凶殺案件，為了讓這個開槍打死阿拉伯人的法國青年變成十惡不赦，開始搜集生命的罪狀，包括他在母親死時沒有掉淚，隔日還跟女友出去玩、發生關係等。注意，這是先有結論，才開始搜集證據；所以存在主義說，存在先於本質，不應該先對人的本質下定論之後，再去搜羅存在的狀態，存在的本身應該是觀察的起點，即使荒謬，都應該去觀察，而不能將其排斥除外。

人性本來就有荒謬性，人性荒謬現實的兩極性描寫，大概是訓練自己觀察事物的方法。你可以試試看，在一個事件發生時，你會不會和大家一起眾口紛紜地去發言？例如新聞報導某甲涉嫌性騷擾，有許多人指著電視就說：「你看，我早就知道，他長的就是這個樣子。」「絕對就是他，一副就是老色狼相！」但是，最後偵察的結果，性騷擾的人不是某甲，大家立刻又改口。

暴力孤獨

暴力的形式
會偽裝成另一種情感，
唯有認知到這一點，
暴力美學才有可能
觸碰到更根本的問題。

如果你可以細心地去觀察，會發現很多暴力是來自社會大眾的「眾口鑠金」，這句成語是說，當每一張嘴巴都講同樣一句話，其力量足以把金子鎔化，力量如此之大！而我們每一個人都可能曾經參與其中。

我們經常用不同的暴力形式待人，打罵是最容易發現的暴力，但有時候我們對人的嘲諷是暴力、對人的冷漠是暴力，有時候……母親對孩子的愛也是暴力；你可以看張愛玲的一部小說《金鎖記》，看那個母親對她最愛的孩子長白所做的事，真是聳動，為了不讓兒子出去玩女人或是做別的她不喜歡的事，她教他抽鴉片，讓他留在身邊。她覺得這是愛，如果你告訴她，這是暴力，她一定哭倒在地，她會說她這麼愛孩子，還準備把所有的遺產都給他。

暴力是很難檢查的，因為暴力的形式會偽裝成另一種情感，我故意用這個例子，因為愛和暴力是兩種極端，卻可能同時出現，唯有認知到這一點，暴力美學才有可能觸碰到更根本的問題。

冷肅的黑色笑話

他後來責罵的內容大半與婦人無關，可是婦人明月還是不斷哭泣著。婦人想起電視連續劇中命運悲苦的女性，遭粗暴酗酒的男人毆打、遺棄，便是這樣倚靠著一個角落哀哀哭泣著，也不敢發聲太大。特別是因為壞脾氣的司機一再喝斥她不准弄髒了椅墊，她只好一直高舉著斷指的雙手，而那未被砍去的右手大拇指突兀孤獨地豎立著，使她特別覺得自己的樣子一定十分滑稽可笑。這個原因也更使她遏抑不住嚶嚶哭泣不止了。

寫小說有時候真的是在玩，玩一種很詭異的場景。婦人明月因為怕被責罵，所以將雙手舉高，可是她的手指又被剁去剩下大拇指，就好像一邊被罵，一邊還舉著拇指說好，是一個滑稽可笑的畫面。可是，不要忘了，讀黑色恐怖的小說，當你愈保持一種絕對旁觀的狀況時，它的黑色恐怖性就愈高。

後來，婦人見到了警察，警察又代表另一種角色，代表的是法律。

相對於司機而言，婦人明月遇到的城市警察是和藹得多了。警員比婦人想像中年輕，穿著淺藍色燙得筆挺的制服。在城市犯罪案件如此繁雜的狀況下，穿梭於各類告訴紛爭的警察總局的大廳，他猶能保有一種安靜，而且禮貌地攙扶著婦人明月受傷的手。

婦人明月被安排在樓上一間小而安靜的房中坐下，警員倒了水給她，便坐在明月的對面詳細詢問起案情發生的始末。

警員顯然受過非常專業的刑事處理的訓練，他詢問案情的細節到了使婦人都感覺著敬佩了。例如，他竟然問起關於失落的九根手指的指甲上塗染的指甲油的顏色。

就法律辦案而言，指甲油的顏色當然很重要，將來要找尋手指時可以作為判斷。但是對一個書寫者而言，卻是在利用這個極細微的證據，當作一個荒謬的對比，對比事件和事件之間的疏離關係。所有的創作者和作品之間一定會保有疏離的關係，就是不在情境之中，也就是西方常講的alienation（疏離感），一旦陶醉，就很難寫得好。

接下來，警員開始替明月做筆錄。我們跳到最後的結尾，警員在心裡已經有了計畫。

警員沒有回答。他在筆記上畫了一隻狼犬。這是他心中的祕密，但他不想太早讓婦人知道，這或許會有礙於破案。

「一個謹慎的破案過程，是需要非常多紀律的。」他這樣回想學校上課時教官們的教誨。婦人明月探頭一看，警員在紙上畫了一隻狗，她想警員是對她感覺到無聊了，便頹喪了起來。

婦人被送回家之後，警員繼續把筆記上的狼犬畫完。他想：「當警局中的人員出動追回鈔票時，狼犬們將在城市的每一個角落搜尋婦人手指的下落。」

「你認為手指和鈔票是應該被分開處理的嗎？」當警員向上司報告他的計畫並請求支援時，上司這樣問他。

「是的。」警員筆直地站著，大聲地說：「鈔票通常在高爾夫球場、大家樂、走私漁船和競選活動這些線索上可以追尋出來，至於手指，則大約是被遺棄在骯髒的垃圾場、廢河道、平價住宅的後巷……」

「好，那麼就開始行動吧！」

上司在警員離去之後，聽到巨大的月亮升起在城市的上空，無數咻咻的狼犬的叫聲，十分淒厲的、在四面八方的巷弄中流傳著，牠們要找回婦人明月遺失在這城市中的九根手指。

讀者可能會問我，為什麼上司會「聽」到巨大的月亮升起？月亮升起是有聲音的嗎？我不知道我為什麼會用了「聽」，而不是用「看」。接著，又聽到「無數咻咻的狼犬的叫聲」，感覺整座城市已經變得荒涼，變成一座廢墟，好像一切文明都已經結束，狼犬要恢復動物本性了。

我一直覺得這部小說寫完後，自己也會嚇一跳，也許背後有一些暴力美學的東西，的確是在看一個很冷的黑色笑話過程裡，慢慢地透露出來。

易地而處的暴力觀

台灣對於暴力美學的探討其實還是太少，不管是繪畫、戲劇、電影各方面。

已逝好萊塢導演史丹利・庫布立克（Stanley Kubrick），在七〇年代有一部作品《發條桔子》，當年在台灣禁演，現在應該可以找得到。電影就是那個年代暴力美學的代表，敘述一群混混潛入豪宅，酷虐豪宅裡的中產階級。這部電影在很多地方禁演，有些地方則剪了很多部分，庫布立克直接用電影的手法去呈現社會低階層的年輕人（也可能是陳進興吧！），對某一種中產階級文化想要掠奪的慾望，與暴力本質的心結。

陳進興案件發生時，我讀了關於他所有的資料，他成長的背景是在蘆洲、五股、新莊一帶，全部都是廢河道，小孩子在這裡長大，和在東區長大，結果是完全不同的。在這個生長環境裡，所有的征服性和動物性一直被刺激著，有一天當他發現自己與另一個輝煌繁華的世界之間的落差，他的暴力本質就會表現出來。

這種引發暴力的「落差」就是庫布立克在電影《發條桔子》裡所要談的。電影裡的年輕人是偶然間經過那棟漂亮的豪宅，看到女主人穿著性感的服裝，正在開性派對，他們就想進去一起玩，結果愈玩愈過火，玩出了凶殺案。——高度的落差在現實社會裡很有可能會演變成殺戮場。

美國和阿富汗的關係也是一個很大的落差，所以當象徵美國的那兩棟雙子星大樓在九一一被炸毀時，有幾億的人是高興得流著眼淚在看。他們藉由暴力攻擊那兩棟被視為憎恨符號的大樓，得到報復的滿足感。

人不會永遠在幸福安逸的狀態，如果你對暴力本質不了解，它可能隨時在身邊發生。你要注意當人與人的落差太大時，暴力就會出現。美國可以很輕鬆地說這是恐怖分子策劃的恐怖事件，可是當你到阿富汗、阿拉伯、土耳其旅行時，他們會告訴你：世界上只有一個恐怖分子，那就是美國。

這是你在台灣聽不到的聲音。

美國在伊拉克發動的戰爭簡直是像科幻電影，所使用的武器好到我們無法想像，伊拉克實在是不堪一擊，波斯灣戰爭一下子就結束了。這時候，恐怖分子只好用肉搏戰（不要忘了，越南和美國打越戰，打到最後也是用肉搏戰）。荒謬的是武器最精良的國家是美國，可是接受武裝檢查的卻是伊拉克；這裡我們可以看到暴力是要爭取合法性，變成更大的暴力，甚至可以得到法律的支持，所以黑道一定會去選立法委員，而它也可能進一步演變成革命孤獨裡所談到的招安不招安，以及是不是繼續扮演背叛者角色的問題。

六種暴力互相聯繫

我想，暴力孤獨牽涉到的環節特別多，一般人無法立即做最高的自省並且自覺，因為每個人對內在潛藏的暴力本質都不是很清楚，也不太敢去觸碰，但人的暴力本質在很多故事裡展現出來，常常讓人瞠目結舌。過去我讀歷史，讀到冷汗直流，你知道漢朝一個妃子受到皇帝寵愛，會受到周圍嬪妃多大的嫉妒嗎？一旦皇帝死了，失去了支撐，所有人陷害她的方法極其恐怖。你一定聽過「人彘」這種酷刑，四肢砍斷，眼睛戳瞎，耳朵弄聾，舌頭拔掉，泡在一個酒缸裡，如此折磨一個人，而且是女性折磨女性！

我後來會讀藝術史，就是因為我讀這些歷史實在是讀怕了。明朝也有對知識分子的虐殺，絕對不是殺，是虐，他的快樂在虐。而明朝對不貞潔的女子的懲罰，有所謂的「騎木驢」，更是令人驚恐，受刑的女子裸體遊街，生殖器裡插著一根木柱，這是性與暴力的極致，這種懲罰到底滿足了誰？

所有合法的暴力都假借著懲罰出現，就像美國說要懲罰伊拉克，其實行使的就是暴力，所以當你想要懲罰別人時，你一定要想到，你是不是在滿足自己的暴力慾望？

我當兵時，有人告訴我，以前軍人判刑是軍法處置，執行軍法的那個人，應該執行槍斃，可是他不想，他要用刀，因為他要去感覺那種快感。我那時是個大學生，剛畢業，傻呼呼的，聽了一句話也不敢講。

究竟人性的本質裡潛藏了多少暴力？

我們看到大陸文化大革命紅衛兵的鬥爭，手段極其殘忍，直到現在大陸開始反省，很多人跳出來說：「對呀，那些人多壞多壞……」這時候就會有人偷偷告訴我：「不要聽他的，當年他就是鬥人的人。」可是那個人忘了，他忘了自己的暴力本質。

所以我會覺得很害怕，如果我活在那個時代，我會不會也去做那些事情？當暴力本質在無知的狀況下去揭發，也許我才有機會逃離暴力，否則我不知道它何時會爆發出來？

這是蠻沉重的課題，但如果我們希望回到社會去觀察各種暴力形態時，能有更冷靜的省思能力，就必須去深入探討。我一直覺得儒家文化對暴力的探討太少，西方在繪畫、劇場、電影裡，對暴力的探討非常多，使他們對暴力有更多的檢討和警醒。尤其是在九一一之後，你會發現歐洲常常在討論美國的暴力本質，這在台灣是很少被提出來的問題，大概是因為我們的政權的依賴關係，使我們不會去檢討美國在全世界的暴力，而一味地怪罪恐怖分子。

我在這本書所談的六種孤獨，其實是互相關聯，我們可以進一步思考，革命者悲天憫人的革命思想，會不會也成為一種暴力？例如我提出一個假說：「走向革命場域的男女，有一部分是在滿足自己暴力殘酷之感」，你是否會同意？就像卡繆的《正義之士》裡要探討的，那個謀刺的人在炸死暴君的那一剎那所思考的問題：「我究竟是暴力還是革命？」此時他的思辨變得複雜，而有更多機會去檢視行為的狀態。

人性對「惡」有更充足的了解，才能有「善」的發揚，所以我一直覺得很遺憾，荀子的性惡論沒有繼續發展，使得孟子的性善論就像小說裡的大學生，變得不切實際。我們一定要知道，性善論和性惡論單獨存在時都沒有意義，必須讓兩者互動，引導到思辨、思維，才能對人性有最更深層、更高層次的探討。

思維孤獨

卷五

思維孤獨

所有哲學的思考者都是孤獨的——

思維孤獨

不可思議，
認知了自己思維的有限性，
不可思議，
因此懂了宿命的孤獨。

讀大學時，因為喜歡哲學，常常跑去哲學系旁聽，認識了一些人。當時有一個同學跟我很要好，他是一個不修邊幅的人，留著很長的頭髮，可以很久很久不洗澡，發出異味，直到全班都快瘋掉。好像學哲學的人都會有些怪癖，至於為什麼會這樣，我也不知道。

有一天這個同學突然很憤怒地跟我說：「台灣根本不可能有哲學。」我嚇了一跳，問他：「你怎麼這麼武斷？為什麼說台灣不可能有哲學？」

如果說台灣人不了解哲學，我會認同。許多人不知道哲學系在讀什麼，讀了哲學系以後要做什麼。然而，不管是希臘的柏拉圖時期，或是中國的春秋戰國時代，其全盛時期最強盛的學科就是哲學，或者說是思維——哲學就是在複製一個文化裡所有與思維有關的東西。

這個同學繼續說：「你發現沒有，所有熱帶地方都沒有哲學。」他認為在溫度比較高的地方，人會比較注重感官經驗，以印度而言，雖然有很強盛的宗教信仰，我們也會將佛學歸類為一種哲學，但是那不純然是邏輯論證、理性思考的產物，大多是從感官發展出的直觀思維。

我們現在所熟悉的哲學，其思維模式、思辨模式與希臘的邏輯學有很深的關聯。它有一個推論的過程，有理性探討的過程。當我們和別人交談時，會希望彼此之間有一個共同遵守的、推論的、辯證的過程，就像黑格爾提出的「正反合」之類的模式，我們會說這是「符合邏輯」。

但是不符合邏輯的感官經驗，就不能是一種思維嗎？翻譯佛經的人，常常會提到「不可思議」，例如《金剛經》裡的經義就是不可思、不可議。這種與希臘的辯證邏輯大相逕庭的模式，不是哲學？或是另一種哲學？當年一個哲學系學生提出來的問題，雖然不是一個嚴謹的論證，卻讓我思考到今日。

不可思、不可議

這個哲學系的同學，當時很喜歡的哲學家之一，是丹麥的齊克果（Søren Kierkegaard），他的日記和作品《恐懼與顫慄》，國內都有翻譯本。齊克果所代表的是從基督教思想發展出的一個哲學流派，被視為七〇年代存在主義的前導。他在《恐懼與顫慄》中，談到了人類對於原始自然和孕育生命的恐懼感，此一論點和《舊約聖經》有關。我們熟悉的基督教教義來自《新約聖經》，也就是經由馬太、馬可、約翰、路加這些人所傳播的四大福音，內容主要是耶穌以愛為中心的思想。

台灣基督教的朋友讀《舊約聖經》的人數不多，大家如果有機會讀《舊約聖經》，如〈創世紀〉，會讀到非常多神祕的事跡，出於耶和華對於人的試探，他以命令式的權威決定人的命運，使人時時刻刻存在巨大的恐懼感。齊克果所探討的就是類似的恐懼。

舉一個眾所熟知的故事為例。亞伯拉罕年老時才得到一個兒子，寶貝得不得了，有一天耶和華——所謂絕對唯一的真神，在天上突發奇想，他想：「亞伯拉罕平常都很聽我的話，是一個很忠實的信徒，是一個僕人。每一年都會到山上，宰殺羊獻祭給我。要是有一天我要他獻出自己的兒子，把兒子綁起來殺死，獻祭給我，他會不會照做？」

如果你對這個故事不熟悉的話，聽到這裡，會覺得這個神很奇怪，怎麼會有這種非人性試探的念頭。這不是暴力嗎？神怎麼會用這麼殘酷的方法試探人類？我們到媽祖廟拜拜，從來沒聽過媽祖要我們把自己的兒子綁起來祭神的吧！但在《舊約聖經》裡，這種非人性的動作表現，正好證明了祂不是人，而是神。

這是不是呼應了佛經上的不可思議？神就是要不可思、不可議，才能夠稱之為神。

對於影響我們最深的儒家文化而言，很難理解此種人神關係。儒家文化認為，人與神的關係是相對的，神對我們好，所以我們祭拜祂。可是基督教不同，他們主張「絕對」的人神關係。所以我們看到《聖經》裡，亞伯拉罕得到神的指令之後，二話不說就把兒子以薩綁起來。以薩嚇呆了，不曉得他的爸爸要做什麼？亞伯拉罕揹著以薩到山上，將他放在平常殺羊的祭壇上。刀子高高舉起，正要劃下去時，天使出現阻止了他，天使說：「神只是要試探你。」

有一次，我在電影院看好萊塢拍攝的聖經故事，看到這一段，旁邊一個老先生激動地跳起來大罵：「這是什麼神？」我完全可以了解他的激動，因為中國儒家是不能接受這種違反倫理的事情，而當我們覺得神不像神的時候，是可以反叛祂的。

齊克果所談的《恐懼與顫慄》，就是類似這種當神做了不像神的事情時，使人對於生命本質產生恐懼。在《舊約聖經》裡，神創造了人，將他放到伊甸園裡，看他很寂寞，又創造了女人，但不讓他們有任何的關係。在伊甸園裡什麼都可以做，就是不能吃知識之樹上面的果子，因為吃了之後就有知識。後來的結局，大家都知道了，只是你是否也想過，為什麼神這麼奇怪，創造了一個完美的世界，卻留下一個漏洞，暗示人類去背叛祂？

神創造了人，人卻背叛了神，而人在背叛神後被驅逐出伊甸園，開始了生存的意義。這與我們所熟悉的希臘邏輯、理性思維有所不同，但在《聖經》裡還有很多類似的例子。例如神因為不耐人的墮落，發動大洪水要把所有人淹死，這不是一種理性思維的表現，神以主觀的權威生殺掠奪，祂可以創造、也可以毀滅，而且是「絕對的」創造與「絕對的」毀滅，沒有任何理由。然而，祂在發動大洪水前，又有點後悔，好像不是每個人類都那麼壞，而要把所有的創造都毀掉，好像也很可惜。於是，祂找了諾亞，要他造方舟逃難。這裡，我們又看到佛經上所說的不可思議。

「不可思議」這個漢字翻譯是相當地精簡，讓我們不知道要達到如何的「不可想像」才叫作不可思議，凡可以想像、推理的狀態就不是「不可思議」。所以宗教，無論是佛教或是基督教，在哲學系統裡都歸於「神學」，與一般哲學的思維做區別。

多年後，我又遇到當年那個哲學系的同學。他做了生意、發了財，穿著西裝，有點發胖，我跟他提起齊克果，他有點失神，反問我：「齊克果是誰？」他可能忘了齊克果，我卻忘不了他大學時候說，台灣太濕太熱不會有哲學。為了成為哲學家，他花了很多錢買了一台除濕機，放在家裡整天開著……這大概是成長過程中，第一件引起我對哲學或思維發生興趣的事。

被簡化的思維過程

思維是什麼？我們都有一個大腦，經由大腦去思考很多事物，去推論、推理，最後下判斷，就是思維。

我在〈語言孤獨〉一章提過，儒家思想影響我們甚鉅，而儒家的主張，如孔子的哲學，常常是一種結論式的原則。「己所不欲，勿施於人」是一個結論，是可以奉為教條的格言，聽了之後不必做太多的思考，照著做就可以了。希臘哲學則恰好相反，把推理的過程、思辨的過程，視為哲學中很重要的一環。我們讀柏拉圖的《對話錄》，在〈饗宴篇〉裡面就針對一個主題：Eros（譯為「愛」或「愛樂斯」，即所謂「柏拉圖式的愛」），以不同的角度進行討論——發言的有醫生、有戲劇家、有詩人，各自提出對Eros的解釋。是否會有結論？柏拉圖反而不太關心。

如果你習慣閱讀儒家哲學的話，讀希臘哲學會有一些不耐煩，因為你會覺得，怎麼讀了好幾頁還沒有結論出現？

在儒家文化強烈的影響下，那個哲學系朋友說的話也許會成真，台灣不會有哲學家，因為我們其實不太善於思辨，也很少有機會思辨。

在解嚴之後，我發現台灣有好多機會可以產生思辨。當一個社會裡面，出現很多不同且極端的意見和看法時，就是思辨產生的時機。例如蘭嶼設立核能廢料儲存場，兩種結論性的答案：對或者不對，是兩個極端，中間才是思辨的空間。又例如統獨的問題，是台灣最值得思辨的一個問題，可是直到現在，很少看到兩個人好好坐下來，說他為什麼贊成統一，或為什麼贊成獨立。我們很少與人進行思辨，只是急著發表結論，當對方的結論和自己不一樣時，就是舉拳頭決定了。

台灣在解嚴前，沒有機會發展思辨，人民不被允許思考，不管說統說獨都要送進監牢，現在可以說了，卻沒有人注意別人怎麼說？怎麼把自己思考的過程，充分地與他人溝通，讓別人知道為什麼會得到這個結論？結果是，你不接受我的結論就變成我的敵人，演變成對立的狀況。

我在好多場合裡，遇到這樣的狀況。大家對於一個問題發表意見時，我不贊成A也不贊成B，可是當我對贊成A結論的人說：「你是不是可以說一下，你得到這個結論的思考過程？」對方已經產生敵意，他說：「那你就是贊成B嘍。」

因為缺乏溝通的耐心，思辨的過程完全被簡化了。

每次選舉的時候，你注意一下，不管各黨各派出來的人，發表到最後都是說好不好？對不對？底下的群眾只有一個選擇：好或者不好，對或者不對。解嚴後可以使人民思考問題的機會，完全喪失了。

思維最大的敵人大概就是結論吧！任何一種結論，來得太快的時候，就會變成思維的敵人。

當我站在台上授課或是演講時，有麥克風、有桌子、有舞台，我的語言就已經具有「暴力性」。所以我會經常檢查自己講話的意識形態，並思考要如何讓講出來的話，不會變成「耶和華的指令」，而讓底下的學生或是聽眾，可以與我一起思辨問題。

這麼做不一定會得到好的回應，有些學生反而會覺得累，因為他們已經習慣一個問題會得到一個答案。老師直接給答案，是更方便、更簡單的做法。

有一個老師，他服務於台灣南部的專科學校，他告訴我一件千真萬確的事情，在學生的月考考卷上，出現了一道選擇題，題目是：台灣的民族英雄是：(1)邱逢甲(2)邱逢乙(3)邱逢丙(4)邱逢丁。

教育的思維模式怎麼會變得如此簡單？在這麼簡單的思維模式中，學生即使選對了邱逢甲，意義又何在？

處於生命荒謬的情境中

在〈暴力孤獨〉中，講到台灣最大的一個暴力事件主角陳進興，死前簽署了器官捐贈書，但是正等待換心、垂死的病人拒絕接受，他不要壞人的心臟。心臟原來不只是器官，還有好人心臟和壞人心臟的差別。如果我們把器官當作可以獨立出來運作的零件，我們還會說這是個好人的零件或壞人的零件嗎？

這裡面可以有許多非常有趣的思考。因為你沒辦法求得標準答案，你也許會覺得好荒謬，可是你究竟要如何面對這件事？為什麼會有人捐贈器官被拒絕？而拒絕的人是寧死不從，像文天祥一樣慷慨激昂地說：「我不要他的心臟。」當時看到這則新聞，我又想哭又想笑，覺得生命真是既悲涼又荒謬。

存在主義非常喜歡談「荒謬」這個字，處於生命荒謬的情境中，就是人們思辨的時機。因為荒謬本身代表著不合理，所以你可以開始思考為什麼產生荒謬感？荒謬感從何而來？如何處置這個荒謬感？思辨於焉開始了。

思維的可能性

但在儒家的文化中，不管是孔子還是孟子，都把荒謬情境的思維過程省略了。他們覺得：

思維孤獨

習慣結論的社會，
不容易有思維的快樂，
也往往不會有孤獨的快樂。

「我負責思考，思考出最後的結論後，告訴你，你照做就好。」孔子有七十二個弟子，這七十二個弟子應該就是最遵守他戒命的人。可是他們是最好的學生嗎？不一定。我常常會覺得，當我站在講台上，碰到一個對抗的聲音、對立的聲音、懷疑的聲音時，我會很珍惜這個聲音。因為這個聲音非常不容易，他同時在幫助我，使這個帶著權威和暴力、站在講台上的角色，多一點彈性，不是單向指令的下達。

同樣地，我也一直期待一個政治哲學家，期待他能喚醒民眾。孫中山臨終前，諄諄告誡說要「喚起民眾」，因為他受西方啟蒙訓練，他是一個哲學家，不是政客。他不是要告訴民眾對不對、好不好，他要喚醒民眾的思維，他知道若是民眾無法思考，社會的繁榮強大都是假的，都將毀於一旦。

可惜直到目前為止，政治人物的選舉，不但不能喚醒思維，還使所有的思維崩潰。

解嚴這麼久了，人們關注的焦點，還是只在於他是哪一個政黨或誰應該下台、誰應該道歉。不只是政治人物，包括媒體，媒體常常暴力到不讓人去思考事件過程，就直接下了一個結論。是不是真如我哲學系同學突然講出的那一句荒謬的話：「台灣沒有哲學」，或者，台灣思維的可能沒有完全絕望，只是等待機會被啟發？

熱到頭腦不能思考是島嶼的宿命嗎？

與溫度、氣候有關嗎？在研究藝術史時，的確會發現追求陽光的畫派，如印象派，很多畫作都是感官的描繪，他追求的是一種「感覺」；可是在寒冷的北國，比如法蘭德斯畫派，就是非常冷靜理性的觀看，用眼睛分解、分析所有的物件，把物體化成一個非常精準的形式。

北歐人如哲學家齊克果，就是隨時保持一種高度的冷靜，不會隨意表現出激動之情。在南方的義大利，一個男人可能看一個女人一兩眼，就開始唱起詠嘆調了（我們知道歌劇的詠嘆調就是陶醉的）。我認識一個法國的女孩子，她對我說：「北歐人談戀愛，不會表現得很熱情，卻能天長地久。聽義大利人唱美麗的詠嘆調，很浪漫，但是第二天就找不到人，找到了，他也可能忘了你是誰。」

或許我們思維的模式真會受天氣的影響。似乎在寒冷的時候，人的頭腦會特別清楚，而熱的時候就變得混沌了。我七、八月時通常不會待在台灣，這個季節的台灣不太能工作；那種熱，混合著皮膚上的汗，空氣裡的濕度，而陽光又那麼刺眼……我就會覺得頭腦裡的東西開始變得不清晰了。

困境讓人生存

光在台灣，中南部的人和北部的人就很不一樣。我自己很喜歡南台灣人的性格，那種熱烈、阿莎力的感覺，我們稱之為「ㄙㄨㄥˊ」，就是一個很感官、很直接的字眼，不一定不好，在創造力上，ㄙㄨㄥˊ其實有一股強大的力量。

南北性格差異，選舉的時候特別明顯。北部人看選舉很冷靜，他有意見，但不會隨便發表，等到投票的那一刻才會知道要投誰。可是你在高雄六合夜市，隨便坐下來聊兩句，你就知道這個人要投誰了，因為他不會隱藏。

然而，每一種性格都會有兩面，從思維的角度，我們不會去談孰好孰壞這種絕對的判斷，而是會去思考如何「平衡」？

北歐人有理性的思維，卻是全世界自殺率最高的地區。我問一個很要好的丹麥朋友：「你們的社會福利那麼好，為什麼還那麼多人自殺？」他說：「就是因為太好了。人沒有困難也就不想活下去了。」

有的時候就是這麼奇怪，困境反而會使人生存。就像暴力，如果你做個問卷調查說暴力好不好？我相信百分之九十九點九的人會說暴力是不好的，可是那百分之零點一的意見，不會因此變得不重要。

疤痕是受傷的標誌，很多原始社會以疤痕為美

有時候，你的確很難去抗拒暴力，因為一個完全沒有暴力的文化，最後可能會失去它的原始性。我們不要用到「野蠻」這個字，我說的是原始生命衝撞的力量。

你有沒有在南部看過乩童？在廟會燒王船的時候，乩童拿著尖銳的釘鎚往背上打，打得鮮血直流。後面有人口含米酒噴在他的背上，他整個人是在一種迷恍的狀態。或者，你也可以到蘭陽平原去看搶孤，參加的人，赤腳攀爬塗滿牛油的棚柱，一不小心可能就會摔下受傷。這是台灣底層文化讓我感到震驚的現象，而這個現象如果要用兩個字來形容，就是「暴力」了。

在早期的移民文化中，會用這種儀式測試年輕人是不是有生命的活力？通過考驗的人就是英雄，因為他能夠承擔最大的痛，能夠承擔最大的危險，能夠承擔最大的苦難，他是英雄。就像原住民族或世界上其他地區的少數民族，仍然保留的成年儀式一樣。非洲地區的某些民族，會在成年的時候，用刀子在身上割出一條一條的傷口，塞進一種藥物，使它凸起來。在藝術史中，這是很重要的一個研究，那是美的象徵。同時，這些疤痕也表示「我

是勇士」，有時候疤痕多至一百多道，臉上、身上都有，男女皆同。以我們的眼光來看，會覺得疤痕很醜，會覺得傷口很痛，可是他們覺得傷口是一種挑戰，疤痕是美。在一個生存困難的環境中，要跟野獸搏鬥，就要用疤痕來表示無懼。

這也是暴力。生命力和暴力的關係是非常微妙的。在球場上衝撞的年輕人，騎著摩托車在公路上疾馳，有一部分都是暴力。你如何去衡量？

與飆車的青少年對話，聽他們談速度，談死亡

有一陣子台灣飆車文化盛行（所謂盛行是指媒體報導特別多，媒體報導少不代表不存在），台北市大度路在八〇年代是飆車族的聖地，每天晚上排多少警力站崗都沒有用。有一次，我把淡江建築系的課停掉，對學生說：「我們一起去做個調查。」學生聽到不用上課都很開心，跟著我到了大度路，我對他們說：「你們跟他們的年齡相仿，請你們每個人採訪一個參加飆車的人作為作業，問問他們為什麼要在這樣一個空間飆車，速度感的追求對他們有什麼意義？」

學生後來整理出一個很有趣的比較。參與飆車的人與這些大學生的出生背景不同，多數都沒有讀到大學，大概都是國中放牛班的孩子。人在某個方面被放棄之後，會另外找方法證明自己。大學生會讀書、會考試，飆車少年他們則是國中畢業之後就做黑手，在大學生跟

父母要錢繳學費的時候，他們已經自己養活自己，並用存了幾個月的薪水，買了摩托車，作為證明自己價值的所有物。

當他騎著自己買來的摩托車，加快油門時，享受的是一種做自己主人的快樂。他們根本不在乎死亡這件事情，過程中也真的會發生一些很危險的意外，我們對他們說：「很危險！」他們笑一笑。前面的年輕人摔死了，後面的人繼續衝上去。

這份作業對當時的學生而言很重要，藉由採訪對談，使他們對此一社會現象有所思索，而不是立刻下判斷說：「你看，他們都是些壞孩子。」我相信很多父母會這麼說，但這個說法對於整個事件沒有發生檢討性的作用。

如果孩子只是坐在媽媽的車上，被告知：「你不要學他們。」這個小孩不會有思維。如果他走出車子，和飆車的孩子對話，思維就產生了。我的意思是說飆車的孩子應該有機會受更好的教養和教育，而這個坐在車裡的孩子也應該要有一點飆車的生命力。因為它變成兩極了，在兩極狀態之間，愈向中間靠近，思維愈有可能發生。

結論讓思維失去意義

從極端的兩邊向中間靠近，就是黑格爾說的「正反合」，正與反是兩極，你提出一個最右邊的看法，我提出一個最左邊的看法，最後兩者相合。正反合是一種辯證法，從希臘的邏輯學慢慢演化出來，是我們的教育中非常缺乏的一種訓練。當前的教育仍是以考試為導向，而試題上是非題、選擇題愈來愈多，學生不需要思辨，整個教育系統也沒有耐心讓一個受教育的人不立刻下結論。

所有的考試都是立刻要有結論的。可是這個結論本身沒有任何意義，就像前面講的，邱逢甲到邱逢丁，沒有意義，沒有思辨的過程。

思辨的過程是什麼？就是一個人在做周密的思考前，不會立刻下結論，他會從各種角度探討，再從推論的過程中，整理出自己的想法跟看法。

相較於儒家的結論式教條，莊子提供了較多的思辨可能。莊子是一個喜歡玩的人；喜歡玩的人，思辨能力都比較強。所以現在西方教育常常要兒童在遊戲裡學習，因為遊戲本身就是思辨的。解開九連環是一個遊戲，遊戲的過程非常讓人著迷，最快樂的不在最後解開的時刻，而在思辨怎麼解開的過程裡面。這種讓小孩在玩遊戲的過程裡，培養思辨能力的教育方式，也是我們所缺乏的。

給孩子結論不見得不好，可是當結論太過急迫的時候，這個結論就失去了意義。

思維孤獨的來源

再回到暴力這個問題，如果我們只是下一個結論：暴力是不好的，該如何解釋同樣是殺人，在波斯灣戰場上開槍會成為英雄，在華盛頓街上開槍卻成為暴徒？我們也不要忘記，在南京大屠殺的時候，屠殺了中國人的日本人，回到國內可能是天皇頒授勛章的英雄。何謂「合法暴力」，何謂「非法暴力」，恐怕要去做這麼多細微的思辨，我們才能發現，暴力問題不是那麼容易解決。

不同文化對「暴力」的解讀亦有不同。前面提到的非洲原住民成年禮，父母會在子女的臉上、身上割出一道一道的傷痕，又例如台灣的泰雅族的黥面文化（黥乃是中國古代刑罰，為避免帶有隱含的貶意，有些人已開始改稱之為紋面），或是年輕人的刺青流行，這些對身體的暴力，是一般人很難了解的，但對刺青的人而言，卻是在喚回一種原始的記憶。

我記得小時候跟爸爸去泡溫泉，看到刺青的人，我爸爸就會小聲地說：「那是黑道或兄弟什麼什麼……」接著就不敢講了。可是現在不一樣了，在歐美國家，有些非常優雅的家庭出來的孩子也會去刺青，以對抗自己沒有生命力的這件事情。中國古書裡也有斷髮紋身的紀錄，在過度文明之後，有人會渴望自己再變成斷髮紋身的一員。

有一天我上網站，看到一個年輕人用假名發表的文章，說他在媽媽看不到的地方都穿了環。他講了三個地方，你聽了也會和我一樣嚇一跳：乳頭、肚臍，還有生殖器。在身上穿環最常見的就是耳環、鼻環、唇環，我在歐洲常常看到，尤其英國最多，英國的龐克區裡，可以看到一身都是環的人。但是他講的這三個地方，是「媽媽看不到的地方」，也是一般人看不見的，那麼他穿環的意義何在？

穿環是一種比刺青更明顯的，對自己身體的暴力回憶。絕對會痛，為什麼長久以來保留在人類的行為中？不只是在非洲部落、澳洲部落，而是在最文明的紐約、倫敦、巴黎，這些最好的家庭、最有教養的家庭，最文明的年輕人也開始穿環，意義是什麼？當我們從美學、從人類行為學的角度看暴力問題時，真的不敢隨便下判斷、下結論。

我想，很少會有父母師長鼓勵孩子，去跟飆車的人、刺青的人、穿環的人進行對話。我們的思維沒有辦法進行，有一部分原因是我們在族群與族群之間，劃了一道難以跨越的鴻溝。不一定是代溝，同年紀不同領域的人也有很遠的距離，互相不了解。領域跟領域之間的不能溝通，使得社會沒有辦法進行思辨。因為思維的起點，就是大家對一件事物有「共識」，即使角度不同，但焦點是在同一件事上，而不是各說各話。

例如在我這個年齡層的人，工作生活都很少需要用到網路，而我不上網的話，就不會看到在BBS站裡，年輕人發表的文章。當我讀到這些過去完全不知道的資訊時，我已經跨到另一個領域了。如果我不上網，我不會知道我的學生裡，是不是也有人在「媽媽看不到的地方」穿了環、刺了青？他們不會告訴我，因為我作為「教師」的角色，已經被他限定為「反對者」，所以他們不會找我討論。如此一來，我和他對於刺青這件事的思維就不能進行。

在台灣，這種現象很普遍，因為角色被限定了，而失去討論的空間。我覺得這不完全是代溝的問題，而可能是因為我們不重視思維的過程，直接下了結論，這種切斷性的鴻溝是造成思維孤獨一個很大的原因。

哲學的起點是懷疑

哲學在檢視思維，但不是讀哲學的人就叫作有思維。我一直覺得，在大學裡面讀哲學系，可能讀了中國哲學、印度哲學、基督教哲學、西洋哲學……這些只能稱為讀書，不叫哲學。

我們會覺得莊子讀了很多前人的哲學嗎？好像不是。他只是在思考到底是爬在泥土裡的烏龜比較快樂，還是被抓起來殺掉後，裝在黃金製成的盒子裡，擺在皇宮裡供著的烏龜比較快樂？我覺得這才是哲學。

哲學是面對現象的思考。如果你讀很多莊子的寓言故事，卻不能分析你當前的現象，我不覺得這是哲學。希臘所謂的philosophy，哲學，是「愛智」的意思。熱愛智慧、熱愛思辨叫作哲學，如果你只是讀別人講過的東西，本身沒有思辨，只是繼承或模仿別人的想法，就不能稱之為哲學。

因為，哲學的起點是懷疑。

孔子說：「己所不欲，勿施於人」這句話對不對？我應該想想看，從正面想、從反面想，最後即使我同意孔子說的是對的，可是我有過一個思辨的過程，如果沒有這個過程我就照做，它就不叫哲學，也不叫作思維。

在台灣，每一天都有許多事件挑戰著我們的思維能力。新聞報導某署長在KTV裡疑似親吻了另一個人，你是否開始去思維這個事情？還是媒體已經暴力到你覺得理所當然就是如此。如果人人都覺得「理所當然」，它就是一個暴力，而這個暴力沒有思考。等到真相水落石出，所有人都不敢講話，嚇了一大跳，心想：「我那天怎麼會相信這個人一定做了這件事情？」

我們很容易被媒體牽著鼻子走，因為我們的判斷力和思考力都愈來愈弱，甚至到最後乾脆說：「大家都這樣講的話，我就這樣講吧，我就是缺乏思維。」

我在巴黎讀書時，交了一個經歷過文化大革命的朋友，他說：「文化大革命其實也沒有那麼難過，有人講說要怎麼樣怎麼樣的時候，你先不要動，先觀察，然後發現有一半以上的人都這樣講的話，你就開始這樣子講，然後你千萬不要變成那最後的幾個和最前面的幾個，因為都可能倒楣。靠錯邊就不好了。」聽了這段話，我心想，海峽兩岸最統一的地方，應該就是都沒有發展思辨能力吧！

最大的孤獨

當百分之九十九點九的人說暴力是不好的，剩餘的百分之零點一才說了：「暴力……」大家已經開始罵他了：「你沒有人性，怎麼會贊成暴力？」他可能不是選擇贊成或反對，而是選擇思考。

所以，我認為思維孤獨，是六種孤獨裡面最大的孤獨。作為一個不思考的社會裡的一個思考者，他的心靈是最寂寞、最孤獨的。因為他必須要先能夠忍受，他所發出來的語言，可能是別人聽不懂的、無法接受的，甚至是別人立刻要去指責的。作為一個孤獨者，他能不能堅持著自己的思維性？是很大的考驗。

把自己的聲音變成唯一的聲音

前篇提到莊子與惠施討論「子非魚，安知魚之樂」，他們兩個人的對話就是思辨的過程。可是如果你下次看到魚的時候，對旁邊的人說：「魚很快樂。」他大概不會發展出「子非魚，安知魚之樂」的問題吧。甚至可能在你的朋友問了這句話後，你還會覺得他今天是怎麼了？我們的社會，像這樣的問話愈來愈少，意謂著哲學和思辨愈來愈少。

大家都在講一樣的話，電視裡面的東西一直重複，既沒沉澱也沒有思維。通常對立會產生思辨，但台灣社會對立有了，思辨卻無法產生，我們的對立只是為了打敗對方，得到一個一致的結論，結果就是兩敗俱傷。

當我說，解嚴以前沒有思維可言，很多朋友會說解嚴以前至少還有秩序，我不表認同，因為一個命令一個動作不叫秩序。秩序應該是大家各自有各自的意見，但彼此尊重。**harmonious**，和諧，是源於音樂的概念，將各種不同的聲音融合成最美的「和聲」（harmony），而不是只有一種聲音。

只有一個聲音的社會是有問題的。大陸文革時期，整個社會的聲音最一致，毛澤東講什麼，底下就講什麼，但那不叫作秩序，也不叫作和諧。

我一直期待解嚴後的台灣，會從一個聲音變成很多聲音，可惜到現在都還沒發生。只有對立，沒有思辨，都想把自己的聲音變成唯一的聲音，這是非常危險的事。

沒有一種聲音是絕對百分之百的好。任何一種聲音都有其存在的價值，有其存在的理由，可是它也必須與其對立的聲音，產生互動，那才是好的現象。

新符號是思維的起點

思維，不應該是學院裡空洞的理論，而是生活在一個城市、一個島嶼上的人，對一個事件有不同角度的思考。

七〇年代，我剛回台灣的時候，寫過一篇文章談鳳飛飛。有些年輕朋友已經不太知道這位「帽子歌后」了。在七〇年代她每次出現都會戴頂帽子，和她之前所有歌星的造形不一樣；如果大家仔細回憶，那個時候，正是台灣慢慢從農業走向加工出口業，經濟轉變的時期，在楠梓等加工出口區，許多的農村女孩都變成工廠女工，這時候鳳飛飛的形象受到認同，她的帽子便成為一個代表「轉變」的符號。

我們常常覺得流行文化不是哲學，我們的哲學系也不會去照顧流行文化，可是在流行文化裡，保持了最大的思考的可能性。鳳飛飛是一種流行文化，鄧麗君也是一種流行文化。軍隊裡面很多老兵喜歡鄧麗君，她代表的是溫柔女性的形象，老兵一生的流亡和蒼涼，好像都可以從她的聲音中得到安慰。為什麼是鄧麗君而不是鳳飛飛的聲音呢？這就是符號的差異。後來鄧麗君在大陸大紅，因為文革後的大陸人和台灣老兵的經驗是相似的，經歷長年的顛沛流離，需要一個溫柔女性的聲音安慰。

分析當前流行的現象，非常有趣。不過，當我分析到現在當紅的男子偶像團體F4時，我就不知道該怎麼辦了。好像距離太遠了，但我沒有放棄，我在想的是：為什麼這幾張臉會變成流行？作為一個討論審美的人而言，我要討論巴黎羅浮宮的「蒙娜麗莎的微笑」多美多美，太簡單了，因為每個人都說美。可是對於當前的現象，為什麼大家會崇拜這個偶像？這個偶像為什麼在這個時間點竄紅？就是要用功的地方。

我最近常看到公共汽車上，貼著周杰倫拿著手機的海報。我覺得好奇怪，還嘗試素描好好研究，這張臉為什麼會變成流行？在我們這個時代，他的臉絕對不構成美的條件，也不符

思維孤獨

思考者，要有能力承擔孤獨。

合我過去的審美標準，他對我而言是個功課，我要做這個功課，否則沒辦法跟他的群眾溝通——我想我的學生大概都是他的群眾。

研究周杰倫到最後，也許我會妥協，在吃飯時說：「周杰倫好帥！」來討好我的學生。也或許我不會，而是用我的角度跟他們對話，讓他們也來了解我當年的偶像James Dean，那個頭髮梳在後面、皮夾克領立起來，一副別人欠他好幾百萬的模樣。還要躺在冰塊上睡一個晚上，起來的時候看著冰塊上面的人形，說：「好棒喔！」這是《天倫夢覺》、《養子不教誰之過》這些老電影裡，關於我的那個年代叛逆年輕人的符號。

每一個時代都會有新的符號出現，可能一樣，可能完全不同，而這就是思維的起點。

放下成見才能進行思辨

城市裡的藝術家，是社會裡面的一個現象，也可以是一種思維。藝術家在不同社會裡創造出來的審美價值，往往是檢查思維最有趣的東西。不要小看審美，審美本身是種意識形態，真正的意識形態，這意識形態會藉著審美去篩選出它所認為的價值。如果我把唐朝美女的畫像跟現代的美女照片擺在一起看，那是非常不一樣的審美標準，為什麼唐朝的人覺得肥胖是美？為什麼現代人覺得瘦才是美？背後有一定的原因。

我們覺得青春是美，健康是美，可是有些朝代就會流行「病態美」，不要忘了長達六百年以上，中國女子會把腳纏到骨頭都變形（這也是殘害身體的可怕暴力）；現在我們覺得煙燻妝很美，可是在李商隱的朝代，流行的是「八字宮眉捧額黃」。什麼是八字宮眉捧額黃？就是畫兩道下垂的八字眉，再用如鵝腹般的淺黃色粉，塗滿額頭，如果現代人畫出這種妝，你一定會覺得好恐怖！但那是當時最流行的妝。

審美隨著不同的時代、不同的意識形態，不斷改變，一直在變。因此要對審美進行思辨時，首先要放下的是「成見」，也就是你原本具有的那個審美標準。

值得注意的是，成見包括你既有的知識，你的知識就是你思維的阻礙，因為知識本身是已經形成的觀念，放在思維的過程中，就變成了「成見」。我們說這個人有成見，就是指他已經有預設立場，已經有結論了，所以他的思維也停止了。

不妨檢視一下，打開電視看看，有多少東西是有成見的？

其實大部分的人，對大部分的事物都已經有了一個固定的成見。所以我說要扮演不同於百分之九十九點九的人，堅持百分之零點一的角色會非常非常辛苦，他可能是傷風敗俗，他可能眾所矚目，也可能是眾矢之的。但我相信，社會裡的思考者可以承擔這種孤獨。

孤獨是思考的開始

在本書裡，我一直說著一件事：這個社會要有一個從群眾裡走出去的孤獨者，他才會比較有思考性，因為他走出去，可以回看群眾的狀態；如果他在群眾當中，便沒辦法自覺。我自己也是一樣，當我在群眾中，我根本沒有辦法思考。所以孤獨是思考的開始，可是我們為什麼不讓自己孤獨？就像大陸朋友所說，「不要做前面幾個，也不要做後面幾個」。在群眾裡面，我們會很安全；跟大多數人一樣，就不會被發現。

大凡思考者都是孤獨的，非常非常非常孤獨。例如莊子，他孤獨地與天地精神往來，不與人來往。他從人群裡面出走，再回看人間的現象，所以他會思考：爬在爛泥裡的烏龜比較快樂，還是被宰殺後供奉在黃金盒子裡的烏龜快樂？（是走出人群的人快樂，還是努力追求名利做官的人快樂？）他在思考，也在悲憫著這些汲汲營營的人。

莊子其實講得很清楚，他願意做在爛泥巴裡爬來爬去活活潑潑的烏龜，因為那是他真正的自己，而不是用黃金裝起來供奉在皇宮。別人覺得那意謂高貴，卻與他無關，被供奉表示已經沒有生命，已經不是活著的了。莊子寧願活著，以他自己的狀態活著，即使別人覺得活著很窮困、很卑微，在爛泥巴裡爬來爬去，卻是他真實活著的狀態。

這則寓言所闡述的，正是一個真正好的哲學家，應具備的縝密思維，也教給其民族了不起的人性之傳承與發揚。

但今天，我們看不到像莊子一樣的孤獨思考者，也看不到他在另一則寓言裡說的「大而無用」的人。我們都好希望自己是個有用的人，如果比喻成樹，就是希望自己能被拿去蓋房子、造船，莊子卻說：「無用之用，方為大用。」他提醒我們說，你可不可以扮演無用的部分百分之零點一？先回來做自己，然後你對社會的「有用」才有意義。如果你自己都不是自己了，只是被社會機器利用，沒有思考能力的角色，對社會的貢獻只是「小用」。

莊子長期以來保持一個高度，是一個獨立思考的人，他幾乎從未成為文化的主流，大概只有在魏晉時候昌盛一點，其重要性亦不如儒家。可是他追求個人的解放、追求個人的自由、追求個人在孤獨裡的自我覺醒，都是非常重要的思維。

無法形成思維的台灣

寫作小說〈豬腳厚腺帶體類說〉時，有點感慨台灣徒有許多事件（或稱之為「亂象」，亂象是檢查思維最好的機會），卻無法形成真正的思維。

小說中假設了一個地名叫「萬鎮」，其實就是指萬巒。我每次經過萬巒，就會覺得這個地方好奇怪，有好多好多賣豬腳的店，每一家店都強調自己是「唯一」的正統、是「唯一」有國家領袖去過的店，而且都有領袖與自家豬腳的合照。去過的朋友會告訴我：「你要小心喔，很多店是假的，只有一家是真的。」可是從來沒有人能具體說出哪一家是真的？為什麼是真的？我也無從判斷起，因為對現代人而言，合成照片並非難事，那些掛在店家前的「證據」無法證明什麼。

為何會選擇豬腳做發揮？我在《因為孤獨的緣故》這本小說集裡面，寫了舌頭、寫了頭髮、寫了手指，我覺得人身上有很多肢體的局部，平常都被當成身體的一部分，你沒有辦法思考當它作為獨立的主體時，到底要怎麼辦？

今日人類面對一個非常大的困境，就是我們身體的任何器官都可以替換，這會不會讓你想到「到底人是什麼」的問題？過去，人之所以為人，好像有一個固定的人之所以為人的東西，這東西是什麼，我們說不出來。但是當器官可以替換時，人變成由許多零件組裝起來的一個整體，那麼組裝的局部到底是我，不是我？

〈豬腳厚腺帶體類說〉這篇小說，從市民廣場上的豬腳塑像說起。塑像設計者是藝術家李君。我覺得在台灣社會裡，藝術家往往代表特立獨行的人，就是大家都剪短頭髮的時候，他就留長頭髮，大家洗澡他偏不洗澡的那一類。藝術家好像都有一點怪癖，他不會遵守社會的共同規則，藝術家是以其特立獨行的角色或者用肢體語言去做某一種思辨。

留條小辮子像豬尾巴的藝術家李君，他覺得萬鎮既是以賣豬腳有名，這個市鎮的公共藝術也應該是豬腳，於是他完成了以兩千七百四十一隻豬腳構成的塑像模型，送到鎮公所。會計人員告訴他，一定要刪掉一個。為什麼？因為兩千七百四十是個整數，比較好算。

這是我在〈豬腳厚腺帶體類說〉這篇小說的開頭，所用的好玩又荒謬的衝突情節，鎮公所會計人員與藝術家的爭執，其實只是為了一隻豬腳。會計人員說少掉一隻會少掉什麼？（我們的社會少掉百分之零點一的意見，又會少掉什麼？）可是藝術家卻如喪考妣，認為少一隻豬腳就是破壞了整件藝術品。（藝術家所堅持的往往是其他領域的人無法理解的）。

衝突發生了，李君這個藝術家也不是好惹的，他脫了上衣在豬腳模型前拍照，做出被迫害狀，貼出很多大字報（有一段時間，台灣很流行表現出這種受迫害的感覺），等到城市領袖出面處理。城市領袖信基督教，很聰明，他覺得這個城市根本是一個無可救藥、墮落、敗德的城市，可是因為他是城市領袖，必須做出一個讓大家有信心和有希望的姿態，所以他每天早上去晨泳，讓大家看到他對生命非常樂觀。當別人問他，對於藝術家與會計人員的抗爭，有什麼看法時，他不直接回答，只說：「地方有才華的年輕人，不可以埋沒了。」

這句話是什麼意思？大家猜到最後，覺得他是要保護這個藝術家，所以一隻豬腳通過了。

台灣很多新聞事件不就是如此？在領袖講了一句大家似懂非懂的話以後，就會得出一個荒謬的結論，而事件就在荒謬的結論下，像滾雪球一樣，愈滾愈大，愈滾愈大。

最後萬鎮完成了一座銅製的豬腳塑像，兩千七百四十一隻豬腳緊緊擁抱在一起。在塑像揭幕那一天，藝術家李君剪掉了辮子，穿上了西裝，因為他覺得受到領袖寵愛，應該要比較像個中產階級吧。

這一段的靈感來自報紙上的真實事件，當時台灣有個畫家，遇到我們島嶼領袖說：「你們藝術家為什麼老是不穿西裝？是不是沒有西裝？」領袖送他一套西裝，這個藝術家以後就常常穿西裝了。看到這則新聞時，我覺得好慘喔，那百分之零點一的特立獨行都沒有了。

特立獨行的困難在於只要一點點不堅持，就放棄了。因為這個社會裡，有一個耶和華，一個無形的巨大的權威，你不知道祂在哪裡，如果你希望自己受到耶和華的恩寵，祂摸摸頭你就很高興，你自然會開始放棄身上跟祂不同的地方。

思維孤獨

孤獨是一種沉澱，
而孤獨沉澱後的思維是清明。

小說裡的藝術家，當然不懂「無用之用」，他最後放棄了。扮演了領袖要他扮演的角色，從這個時候開始，他那由兩千七百四十一隻豬腳構成的藝術品，喪失了意義。

無人理解的孤獨

思辨本身並沒有很困難，只要你不把每個問題都變成了是非題或者選擇題。

思維開始於「無」，這是莊子最愛講的一個字。無中生有，對哲學家、思維者而言，所有的「有」意義不大，真正有意義的是「無」。不管是老子或莊子，都重視「無」遠超過「有」。無，為萬物之始。所有的萬物都是從無開始。而在思維時，「無」代表的就是讓自己孤獨地走向未知的領域，那個還沒有被定位，沒有被命名的領域。由你為它命名、為它定位。如果你是真正的思考者，你命名完就走了，你必須再繼續出走，因為前面還有要再繼續探索的東西。莊子說：「人生也有涯，知也無涯。」人活著，他的生命是有限的，可是他的知識是無限的，意思是說你怎麼學都學不完，你必須不斷地航向未知的世界。

可是大部分的人半路就停下來了，不肯走了。唯有真正的思維者堅持著孤獨，一直走下去。最後，那個孤獨的人，走在最前面的人，他所能達到的領域當然是人類的最前端。

所以，思維的孤獨性恐怕是所有的孤獨裡面最巨大的一個。

任何一個社會皆是如此。當你坐著思考一個問題的時候，絕對保有一個巨大的自我的孤獨性。所有的思考者，不管是宗教裡的思考者、哲學裡的思考者，他的孤獨性都非常大，像蘇格拉底，柏拉圖將他描述為一個絕對的孤獨者。他贊成民主，他堅持民主，他堅持用民主的方法做一切的決定，最後這個民主的方法決定他必須要喝毒藥死掉，大家都知道他的下場。學生對他說：「你可以逃走，不要接受這個民主，因為這個民主是有錯誤的。」可是蘇格拉底決定要喝下毒藥，他成為歷史上巨大的思維孤獨的犧牲者。民主不見得都像我們想的那麼理想。蘇格拉底留下自己的死亡，讓所有的民主崇拜者對民主做多一點的思考。

宗教哲學家亦會陷入巨大的孤獨中，如釋迦牟尼坐在菩提樹下，進入自己的冥想世界，那是旁人無法進入的領域，無法領會其思維的世界，到底發生了什麼樣的過程，只有他自己知道。在藝術的創作上也是如此。耳朵聾掉之後，貝多芬在沒有聲音的世界裡作曲；莫內在八十歲眼睛失明之後，憑藉著記憶畫畫，他們都變成絕對的孤獨者，是相信自己的存在與思維，世界上沒有人可以理解的那種孤獨。

登山可以體驗這種孤獨感。登山的過程中，會愈來愈不想跟旁邊的人講話，因為爬山很喘，山上空氣又很稀薄，你必須把體力保持得很好。爬山的人彼此之間會隔一段蠻長的距離，很少交談。行進中，你會聽到自己的心跳，聽到自己的呼吸。休息時，則是完全靜下來，看著連綿不斷的山脈，浩浩穹蒼，無盡無涯，那種孤獨感就出來了，孤獨感裡還帶點自負。你真正意識到自己的存在，是跟所有周邊的存在，形成一種直觀的親密。

《小王子》書裡常常講到這種孤獨，是一種巨大的狂喜，會聽到平常完全聽不到的聲音。我相信，貝多芬在耳聾之後，聽到的聲音是在他聾之前完全聽不到的；我也相信，莫內這麼有名的畫家，在失明之後，所看到的顏色是他在失明之前完全看不到的。我更相信，我們心靈一旦不再那麼慌張地去亂抓人來填補寂寞，我們會感覺到飽滿的喜悅，是狂喜，是一種狂喜。

就像氣球，被看起來什麼都沒有的氣體充滿，整個心靈也因為孤獨而鼓脹了起來，此時便能感覺到生命的圓滿自足。

孤獨圓滿，思維得以發展

禪宗有一則有趣的故事。小徒弟整天跟老師父說：「我心不安，我心不安。」他覺得心好慌，上課沒有心上課，做功課沒有心做功課，問老師父到底該怎麼辦？師父拿出一把刀，說：「心拿出來，我幫你安一安。」

心一直在自己身上，心會不安，是被寂寞驅使著，要去找自己以外的東西。可是所有東西都在自己身上了，一直向外追尋，是緣木而求魚，反而讓自己慌張。

我想，思維與孤獨的關係亦是如此，回過頭來認識孤獨的圓滿性時，思維就會慢慢發展。

也許對我們的城市、我們的島嶼，尤其是我們的政治和我們的媒體而言，孤獨太難能可貴了，我們盼望一個不那麼多話的領袖，可以在剎那之間透露一點孤獨的思維，就像釋迦牟尼坐在菩提樹下，靜靜地拿起一朵花，弟子們就懂了。

在〈語言孤獨〉篇，已經談到語言的無奈，愈多的語言就有愈多的誤解，愈多的語言就有愈多的偏見，愈多的語言就有愈多糾纏不清的東西。這個時候更需要孤獨的力量，讓大家沉澱，然後清明。

我們不要忘了，波平如鏡，水不在最安靜的狀況下，無法反映外面的形象。以此比喻，我們居住的島嶼，每天都波瀾壯闊，沒有一件東西會映照在水面，沒有辦法反省也沒有辦法沉澱。

孤獨是一種沉澱，而孤獨沉澱後的思維是清明。靜坐或冥想有助於找回清明的心。因為不管在身體裡面或外面，雜質一定存在，我們沒辦法讓雜質消失，但可以讓它沉澱，雜質沉澱之後，就會浮現一種清明的狀態，此刻你會覺得頭腦變得非常清晰、非常冷靜。所以當心裡太繁雜時，我就會建議試試靜坐，不是以宗教的理由，而是讓自己能夠得到片刻的孤獨，也就是莊子說的「坐忘」。

現代人講求記憶，要記得快記得多，但莊子認為「忘」很重要，忘是另一種形式的沉澱，叫做「心齋坐忘」。忘是一種大智慧，把繁瑣的、干擾的、騷動的忘掉，放空。老子說空才能容，就像一個杯子如果沒有中空的部分就不能容水。真正有用的部分是杯子空的部分，而不是實體的部分。一棟房子可以住人，也是因為有空的部分。老子一直在強調空，沒有空什麼都不通，沒辦法通，就沒辦法容。

物質的「空」較簡單，心靈上的「空」恐怕是最難。你要讓自己慢慢地從不怕孤獨，到享受孤獨之後，才能慢慢達到那樣的境界。

孤獨一定要慢，當你急迫地從A點移動到B點時，所有的思考都停止。生命很簡單，也是從A點到B點，由生到死。如果你一生都很忙碌，就表示你一生什麼都沒有看到，快速地從A點到了B點。難道生命的開始就是為了死亡嗎？還是為了活著的每一分每一秒。與孤獨相處的時候，可以多一點思維的空間，生命的過程會不會更細膩一點？

讓自己有一段時間走路，不要坐車子趕捷運，下點雨也無妨，這時候就是孤獨了。

倫理孤獨

卷六

倫理
孤獨

倫理不總是那麼美好，倫理缺憾的那個部分，
以及在倫理之中孤獨的人，我們要如何看待？

倫理孤獨

哪吒對抗父權權威到最後，
覺得自己之所以虧欠父母，
就是因為身體骨肉來自父母，
所以他自殺，割肉還父，割骨還母……

倫理是最困擾我的一個問題。據我觀察，也是困擾社會的一個議題。

就文字學上來解釋，倫是一種分類，一種合理的分類。我們把一個人定位在性別、年齡或者不同的族群中，開始有了倫理上的歸類，父親、母親、丈夫、妻子，都是倫理的歸類。甚至男或女，都是一種倫理的歸類。

人生下來後，就會被放進一個人際關係網絡中的適當位置，做了歸類。在人類學上，我們會有很多機會去檢查這種歸類的合理性以及不合理性，或者說它的變化性，當歸類是不合理性的時候，我們會用一個詞叫作「亂倫」。這個詞在媒體、或者一般闡述道德的概念上常會用得到。如果做一份問卷調查：「你贊成亂倫嗎？」大概會有百分之九十九點九的人說不贊成。延續上一篇提到的，在思維孤獨之中，社會上百分之零點一，或者是百分之零點零一的人的想法是值得我們注意的，他也許覺得不應該立刻說贊成或者不贊成，而是要再想想什麼是亂倫？

道德是預設的範圍

亂倫就是將既有的人際關係分類重新調整，背叛了原來的分類原則，甚至對原來的分類原則產生懷疑，因而提出新的分類方式。我舉個很簡單的例子，古埃及文明距今約有四千多年，其中長達一千多年之久的時間，法老王的皇室採分類通婚，在人類學上稱為「血緣內婚」，也就是為了確保皇室血緣的純粹，皇室貴族不可以和其他家族的人通婚。

直到有一天，古埃及人發現血緣內婚所生下來的孩子，發生很多基因上的問題，智力也會比一般人差，於是演變為「血緣外婚」，也就是同一個家族內不可以通婚。

從人類學的角度理解所謂的「倫」和「亂倫」，其實是一直在適應不同時代對道德的看法。在血緣內婚的時代，埃及法老王娶他的妹妹為妻，或是父親娶女兒為妻，是正常的，如果娶的是一個血緣不同、其他家族的人，那才叫作亂倫。

道德對人類的行為，預設了一個範圍，範圍內屬於倫理，範圍外的就是亂倫。而在轉換的過程中，所有的倫理分類都要重新調整。我相信，人類今天也在面對一個巨大倫理重新調整的時代。舉例而言，過去的君臣倫理已經被顛覆了，但是在轉換的過程，我們還是存在一種意識形態：要忠於領袖人物。這個倫理在我父親那一輩身上很明顯，在我看來則是「愚忠」，可是我無法和父親討論這件事，一提到他就會翻臉，忠君愛國的倫理就是他的中心思想，不能夠背叛。在古代，君臣倫理更是第一倫理，「君要臣死，臣不能不死」，不論合理不合理。如果從君臣倫理的角度來看，我們都亂倫了，我們都背叛了君臣之倫。

必須度過的難關

五倫之中，最難以撼動的是父子倫，也就是親子之間的倫理。儒家文化說「百善孝為先，萬惡淫為首」，意思是在所有的善行中，第一個要做的就是孝；而所有的罪惡中以情慾最嚴重。所以漢代時有察舉孝廉制度，鄉里間會薦舉孝子為官，認為凡是孝順的人，就一定能當個好官。但是我們看東漢的政治，並沒有因為察舉制度改革官僚體制，反而有更多儒弱、偽善的官員出現。連帶地，孝也變成偽善，是可以表演給別人看的。

但是直到今日，台灣還是可以看到，喪禮上喪家會請「孝女白琴」、「五子哭墓」來幫忙哭。孝在這裡變成一種形式，一種表演，一個在本質上很偉大的倫理，已經被扭曲成只具備外在空殼的形式。

我們談亂倫，其實裡面有很多議題。今天我們可以說都亂倫了，因為我們違反了君臣倫理，也推翻了「君要臣死，臣不能不死」的第一倫理。可是，最難過的一關，也是我自己最大的難題——父母的倫理，還是箝制著我們。

中國古代文學裡，有一個背叛父母倫理的漏洞，就是《封神榜》哪吒。哪吒是割肉還父，割骨還母，他對抗父權權威到最後，覺得自己之所以虧欠父母，就是因為身體骨肉來自父母，所以他自殺，割肉還父，割骨還母，這個舉動在《封神榜》裡，埋伏著一個巨大的對倫理的顛覆。近幾年，台灣導演蔡明亮拍電影《青少年哪吒》，就藉用了這個叛逆小孩形象，去顛覆社會既有的倫理。

相較之下，西方在親子倫理上的壓力沒有那麼大。在希臘神話中，那個不聽父親警告的伊卡羅斯（Icarus），最後變成了悲劇英雄。他的父親三番兩次地警告伊卡羅斯：他的翅膀是蠟製的，遇熱就會融化，因此絕不可以高飛。可是伊卡羅斯不聽，他想飛得很高，如果可以好好地飛一次，死亡亦無所謂；就像上一篇提到的飆車的年輕人，能夠享受做自己主人的快感，死亡也是值得的。

伊卡羅斯和在某一段時間裡地位尷尬的哪吒不一樣，他變成了英雄，可是我相信在現代華人文化裡，哪吒將成為一個新倫理；他割肉還父，割骨還母不是孝道，而是一種背叛，是表現他在父權母權壓制下的孤獨感。

我從小看《封神榜》，似懂非懂，讀到哪吒失去肉身，變成一個飄流的靈魂，直到他的師父太乙真人幫助他以蓮花化身，蓮花成為哪吒新的身體，他才能背叛他的父親。最後哪吒用一枝長矛，打碎父親的廟宇，這是顛覆父權一個非常大的動作。

在傳統的倫理觀中，父權是不容背叛的，我們常說：「天下沒有不是的父母」，這也是我們從小所受的教育，可是這句話如何解釋？如果家族中，父親說他要賄選，你同不同意？如果父親說要用幾億公款為家族營私，你同不同意？許多政治、企業的家族，就是在「天下沒有不是的父母」前提下，最後演變成不可收拾的包庇犯罪。

延續上一篇〈思維孤獨〉的觀點，我一直期盼我們的社會能建立一個新的倫理，是以獨立的個人為單位，先成為一個可以充分思考、完整的個人，再進而談其他相對倫理的關係。如果自我的倫理是在一個不健全的狀況下，就會發生前面所說的，家族倫理可能會讓營私舞弊變成合理的行為。剛剛那一句聽起來很有道理的話：「天下沒有不是的父母」，可能就因為家族裡的私法大過社會公法，恰恰構成社會無法現代化的障礙。

孔子碰到過這樣的矛盾。有個父親偷了羊，被兒子告到官府，別人說這個兒子很正直，孔子大不以為然。他覺得：「怎麼會是兒子告父親？」這樣的矛盾至今仍在，台灣許多的事件都是這個故事的翻版；家庭內部的營私舞弊能逃過法網、家族的擴大變成幫派，都是因為這樣的矛盾。

如果我是孔子，聽到這樣的事，也會感到為難。這個「為難」是因為沒有一種百分之百完美的道德；一個社會裡，若是常發生兒子告爸爸的事，表示完全訴諸於法律條文，這樣的社會很慘；一個社會裡，若是兒子都不告爸爸，那也會產生諸多弊病，「天下沒有不是的父母」這樣的議題會繼續延續。

這種為難就造成上一篇所說的思維的兩極，如果你和孔子一樣，關心的是道德，就會覺得兒子不能告爸爸，如果你關心的是法律，就會覺得兒子應該告爸爸。但是作為一個思維者，他會往中間靠近，而有了思辨的發生。

可是，孔子已經給了我們一個結論：「父為子隱，子為父隱」，你可以拿這八個字去檢視在台灣所發生的大小弊案，他們沒有錯啊，他們都照孔子的話做了，可是這些問題如何解決？我相信，即使現在兒子按鈴申告父親舞弊，還是有人會指責他亂倫。但是如果能不要急著下結論，不要走向兩極，多一點辯證，讓兩難的問題更兩難，反而會讓社會更健全、更平衡。

孔子會說：「父為子隱，子為父隱」，是他在兩難之中做的選擇，我看了也很感動，因為一個只講法律的社會是很可怕、很無情的社會，而我相信這是他思考過後的結論。我不見得不贊成，但是當這個結論變成了八股文，變成考試的是非題時，這個結論就有問題了，因為沒有思考。

道德和法律原本就有很多兩難的模糊地帶，這是我們在講倫理孤獨時要度過的難關，這個難關要如何通過，個人應如何斟酌，不會有固定的答案。

活出自己

我記得年少時，讀到哪吒把肉身還給父母，變成遊魂，最後找了與父母不相干的東西作為肉體的寄託，隱約感覺到那是當時的我最想做的背叛，我不希望有血緣，血緣是我巨大的負擔和束縛。父母是我們最大的原罪，是一輩子還不了的虧欠，就是欠他骨肉，欠他血脈，所以當小說描述到哪吒割肉還父、割骨還母時，會帶給讀者那麼大的震撼。可是，這個角色在過去飽受爭議，大家不敢討論他，因為在「百善孝為先」的前提之下，他是一個孤獨的出走者。

哪吒不像希臘的伊卡羅斯成為悲劇英雄，受後人景仰。野獸派大師馬諦斯有一幅畫，就是以伊卡羅斯為主角，畫了黑色的身體、紅色的心，飛翔在藍色的天幕裡，四周都是星辰，那是馬諦斯心目中的伊卡羅斯。雖然他最終是墜落了，但他有一顆紅色的心，他的心是熱的，他年輕，他想活出他自己，他想背叛一切綑綁住他的東西……

伊卡羅斯的父親錯了嗎？不，他是對的，他告訴伊卡羅斯不要飛得太高，飛得太高會摔死，可是年輕的伊卡羅斯就是想嘗試，他能不能再飛得更高一點？

這裡面還牽涉到一個問題，我們的身體是屬於誰的？在我們的文化裡，有一個前提是：「身體髮膚，受之父母，不敢毀傷」，我們的身體是父母給予的，所以連頭髮都不能隨便修剪，否則就是背叛父母。

但在〈暴力孤獨〉和〈思維孤獨〉篇中，我提到，我們對自己的身體有一種暴力的衝動，所以會去刺青、穿孔、穿洞，做出這些事的人，他們認為身體髮膚是我自己的，為什麼不能毀傷？他從毀傷自己的身體裡，完成一種美學的東西，是我們無法理解的。那麼，究竟肉體的自主性，要如何去看待？

倫理的分類像公式

在《因為孤獨的緣故》這本書裡，有很多背叛倫理的部分。在〈熱死鸚鵡〉中，醫學系的學生愛上老師；在〈救生員的最後一個夏天〉裡，讀建築設計的大學生回到家裡，爸爸對他說，他要跟他的男朋友Charlie到荷蘭結婚了；這些都不是我們的倫理所能理解的事情，可是正因為有這些只占百分之零點一的冰山一角，才能讓我們看見，原有的倫理分類是不夠的。

任何一種倫理的分類，就像是一道公式，很多人其實是在公式之外，可是因為這是「公認」的公式，大家不敢去質疑它，所以許多看起來沒有問題的倫理都有很大的問題。

在〈救生員的最後一個夏天〉中，大學生的父親有妻子、兒子，完全符合倫理，可是他卻引爆了一個顛覆倫理的炸彈，他要建立的新倫理是一直存在，卻不容易被發現的事實。它可能就在你身邊，可能就是你的父親或丈夫，可是你不一定會發現，因為這個倫理是被社會的最大公約數所掩蓋了。

然而，當這個社會有了孤獨的出走者，有了特立獨行的思維性，這個倫理的迷障才有可能會解開。

另一種形式的監控

談到倫理孤獨，我想以自己的小說〈因為孤獨的緣故〉作為例子。當我在寫作這篇小說時，身邊有些故事在發生。八〇年代後期，綁架兒童的案件層出不窮，每天翻開報紙都可以看到很聳動的標題，而發生這些事件的背景，就是原有的社區倫理結構改換了。

我記得小時候，居住在大龍峒的廟後面，社區裡的人常常是不關門的。我放學回家時，媽媽不在家，隔壁的張媽媽就會跑來說：「你媽媽身體不舒服，去醫院拿藥，你先到我家來吃飯。」那個社區倫理是非常緊密的，緊密到你會覺得自己隨時在照顧與監視中──照顧與監視是兩種不同的意義；張媽媽在我母親不在時，找我去她家吃飯，這是照顧；有一次我逃學去看歌仔戲，突然後面「啪」的一巴掌打來，那也是張媽媽，她說：「你逃學，我要去告訴你媽媽。」這是監視。

傳統的社區倫理有兩種層面，很多人看到照顧的一面，會說：「你那個時代的人情好溫暖。」可是就我而言，社區所有的事情都被監視著，發生任何一件事情就會引起漫天流言耳語。那個時候，電視、廣播沒有那麼流行，也沒有八卦媒體，但因為社區結構的緊密，消息傳播得比什麼都快。

到了八〇年代，台北市開始出現公寓型的新社區，愈來愈多人搬進公寓裡，然後你會發現，公寓門窗上都加裝了鐵窗，而相鄰公寓間的人不相往來。當家庭中的男人、女人都出去工作時，小孩就變成了「鑰匙兒童」──在那個年代出現的新名詞，兒童脖子上掛著一串鑰匙，自己去上學，放學後自己回家，吃飯也是自己一個人。

改變的不只是社區結構，我在大學教書時，從學生的自傳中發現，單親的比例愈來愈高，從三分之一漸漸提高到了二分之一。這在我的成長過程裡，是幾乎不會發生的事情，不管夫妻之間感情再不睦，家庭暴力如何嚴重，夫妻兩人就是不會離婚，因為在道德倫理規範下，離婚是一件很可恥的事。但在八〇年代後，即使女性對於離婚的接受度也提高了——不只是女性，但女性是較男性更難接受婚姻的離異。

這段期間，整個社會在面臨一種轉變，不僅是經濟體制、社區關係，還有家庭型態也改變了，我在〈因為孤獨的緣故〉這篇小說中，試圖書寫在整個社會倫理的轉換階段，人對自我定位的重新調整。

小說用第一人稱「我」，寫一個四十六、七歲左右，更年期後期的女性，她的身體狀況及面臨的問題。當時有點想到我的母親，她在四十五歲之後有許多奇怪的現象，當時我約莫二十出頭，沒有聽過什麼更年期，也沒有興趣去了解，只是覺得怎麼媽媽的身體常常不好，一下這邊痛，一下那邊不舒服。那時候幾個兄弟姊妹都大了，離家就業求學，最小的弟弟也讀大學住在宿舍，常常一接到媽媽的電話，就趕回家帶她去看病，持續了一年多。有一天醫生偷偷跟我說：「你要注意，你的母親可能是更年期，她並沒有什麼病，只是會一直說著身體的不舒服。」這是我第一次接觸到「更年期」這個名詞，也去翻了一些書，了解到除了生理的自然現象外，一個帶了六個孩子的專職母親，在孩子長大離家後，面對屋子裡的空洞和寂寞，她可能一下無法調適，所以會藉著生病讓孩子返家照顧她。

倫理孤獨

孤獨的同義詞是出走，
從群體、類別、
規範裡走出去，
需要對自我很誠實，
也需要非常大的勇氣。

就像醫生對我說的，她的心理的問題大過身體的問題。她的一生都在為家庭奉獻，變成了慣性，即使孩子各有一片天了，她一下子也停不下來，因為從來沒有人鼓勵她去發展自我的興趣。所以我在小說裡用「我」，來檢視自己年輕時候，對母親心理狀態的疏忽，我假設「我」就是那個年代的母親，賣掉公家的宿舍，因為孩子都離家了，不需要那麼大的空間，和父親一起住在一棟小公寓中。

「我」和丈夫之間的夫妻倫理，也不是那麼親密，不會講什麼心事，也不會出現外國電影裡的擁抱、親吻等動作——我想我們一輩子也沒看過父母親做這件事，我們就生出來了。我的意思是說，那個時代生小孩和「愛」是兩回事。我相信，我爸爸一輩子也沒對我媽媽說過「我愛你」，甚至在老年後，彼此交談的語言愈來愈少。回想起來，我父母在老年階段一天交談的話，大概不到十句。

小說裡的「我」，面對比她大兩歲的丈夫，戴著老花眼鏡，每天都在讀報紙。她很想跟他說說話，可是她所有講出來的話都會被丈夫當作是無聊。她住在三樓的公寓，四樓有兩戶，一戶是單身的劉老師，一個愛小孩出名的老先生；一戶則是單親媽媽張玉霞，帶著一個叫「娃娃」的孩子。

張玉霞是職業婦女，有自己的工作，可是小說裡的「我」，生活只有丈夫和小孩，當她唯一的孩子詩承到美國念書後，突然中斷了與孩子的關係，白天丈夫去上班時，她一個人住在公寓裡，很寂寞，就開始用聽覺去判斷在公寓裡發生的所有的事情。她從腳步的快慢輕重，或是開鎖的聲音，聽得出上樓的人是誰。例如張玉霞「開鎖的聲音比較快，一圈一圈急速地轉著，然後匡噹一聲鐵門重撞之後，陷入很大的寂靜中。」如果是張玉霞的兒子娃娃，一個八歲的小男孩，回來時就會像貓一樣輕巧，他開門鎖的聲音也很小，好像他不願意讓別人知道他回來或者出去了。

小說裡的「我」分析著公寓裡別人的心理問題，自己卻是處在最大的寂寞之中。如果你有住在公寓裡的經驗，你會發現公寓是很奇怪的聽覺世界，樓上在做什麼，你可以從聲音去做判斷，可是一開了門，彼此在樓梯間遇到，可能只有一句「早！」不太交談，因為公寓裡的倫理是疏遠的。

小說裡的「我」正經歷更年期，丈夫也不太理她，所以她試圖想找一個朋友，要和張玉霞來往。她碰到娃娃，問他姓什麼，他說姓張。所以有一天她碰到張玉霞時，就叫她張太太，沒想到張玉霞回答她：「叫我張玉霞，我現在是單親，娃娃跟我姓。」

「我」受到很大的打擊，因為在她那一代的倫理，沒有單親，也沒有孩子跟媽媽姓這種事情，她不知道怎麼回答了，當場愣在那裡。而小說裡的張玉霞，是台灣一個小鎮裡的郵局女職員，她認識了一個在小鎮當兵的男孩子，兩個人認識交往，發生了關係，等到男孩子退伍離開小鎮時，她懷孕了，可是卻發現連這個男孩子的地址都沒有。她找到他的部隊裡去，才知道男孩子在入伍的第一天就說：「這兩年的兵役夠無聊，要在這小鎮上談一次戀愛，兩年後走了，各不相干。」張玉霞在這樣的狀況下，生下了娃娃，在唯一一次的戀愛經驗裡，充滿了怨恨。可是她還是獨立撫養娃娃長大，並讓娃娃跟她的姓。

這樣的倫理是小說中第一人稱「我」所無法理解的，但在八〇年代的年輕女性中逐漸成形，而在今日的台灣更是見怪不怪，我們在報紙上會讀到名人說：「我沒有結婚，但我想要個孩子。」這樣的新倫理已經慢慢被接受了。

但對「我」而言，這是一件很新奇的事，所以當天晚上睡覺時，她迫不及待地對先生說，「樓上四樓A的張太太丈夫不姓張唉！——」等她說完，她的先生「冷靜地從他老花眼鏡的上方無表情地凝視著」，然後說了一句：「管那麼多事！」仍然沒有表情地繼續看報紙。

這讓「我」感到很挫折，他們一天對話不到十句，十句裡可能都是「無聊！」、「多管閒事！」可是這是她最親的人，倫理規定他們晚上要睡在一張床上，他們卻沒有任何關係，包括肉體、包括心靈，都沒有。

我想，這是一個蠻普遍的現象。一張床是一個倫理的空間，規定必須住在一起。可是在這張床上要做什麼？要經營什麼樣的關係？卻沒有倫理來規範。也就是有倫理的空間，但沒有實質內容。

我常舉三個名詞來說明這件事：性交、做愛、敦倫。我們很少用到「性交」這個詞，覺得它很難聽，可是它是個很科學的名稱，是一種很客觀的行為紀錄。「做愛」這個名詞比較被現代人接受，好像它不只是一種科學上的行為，還有一種情感、心靈上的交流，不過在我父母那一代，他們連「做愛」這兩個字都不太敢用，他們會說「敦倫」。

小時候我讀到《胡適日記》上說，「今日與老妻敦倫一次。」我不懂敦倫是什麼，就跑去問母親，母親回答我：「小孩子問這個做什麼？」直到長大後，我才了解原來敦倫指的就是性交、做愛。「敦」是做、完成的意思，敦倫意指「完成倫理」，也就是這個行為是為了完成倫理上的目的——生一個孩子，所以不可以叫作「做愛」，做愛是為了享樂；更不能叫作「性交」，那是動物性的、野蠻的。

很有趣的是，這三個名詞指的是同一件事情，卻是三種倫理。所以你到底是在性交、做愛，還是敦倫？你自己判斷。這是倫理孤獨裡的一課，你要自己去尋找，在一個倫理空間裡，要完成什麼樣的生命行為？是慾念、是快樂、是一種動物本能，還是遵守規範？你如果能去細分、去思辨這三種層次的差別，你就能在倫理這張巨大的、包覆的網中，確定自己的定位。

倫理是保護還是牢籠？

當小說裡的「我」面對巨大的寂寞，寂寞到在公寓裡用聽覺判別所有的事物，丈夫又總是嫌她多管閒事時，有一天她想出走了。她想，為什麼張玉霞可以那麼自信地告訴別人她是單親媽媽，而「我」不行？既然小孩都長大出國念書了，「我」也可以離婚、也可以出走啊！

她走出去了，走到巷口，就遇到眼鏡行的老闆，她和丈夫前幾天去配眼鏡，還在店裡吵起來。眼鏡行老闆對她說：「回家嗎？再見哦。」這個「我」就一步一步走回家去了。她發現她過去所遵守的倫理是被一個巷子裡的人認可的，她要走也不知道要走到哪裡？她根本不是一個「個人」。

一個中年的婦人，在一個地區住一段時間，她不再是她自己，她同時也是某某人的太太，當她走在路上遇到人時，別人問候的不只是她，也會問起她的先生。她不知道要走到哪裡去。她沒有親人，沒有朋友，也沒有收入，也不敢去找旅館，她唯一擁有的是一把鑰匙，家裡的鑰匙。

對一個習慣倫理規範的人，倫理孤獨是一件很可怕、讓人不知所措的事，就像在茫茫大海之上。所以對這個中年婦人「我」而言，她最偉大的出走，就是走到巷口，又回頭了。這次出走，除了她自己，沒有人知道。眼鏡行老闆也不會知道她曾經有出走的念頭。

這是我一個朋友的故事。我的大學同學告訴我，她有一天跟先生鬧得不愉快，想出走，可是站在忠孝東路站好久，發現沒有地方可去。我想，她不是真的無處可去，而是她沒辦法理直氣壯地告訴任何人，她可以出走，因為她沒有任何信仰支持她這麼做，因為當一個人的自我長期消失了三、四十年之後，怎麼也找不回來了。

很多人問我為什麼這篇小說會用第一人稱，而且是寫一個中年婦人，我的想法是能夠設身處地去寫這麼一個人，假如我是一個這樣的女性，我的顧慮會是什麼？我自己是一個說走就走的人，隨時包包一收就飛到歐洲去了，我無法想像我的母親一輩子都沒做過這樣的事，甚至連獨自出走一天都無法完成。倫理對她是保護還是牢籠？這又是另一個兩難的問題。

她有沒有一個去尋找自我的機會？我們從來不敢去問這個問題，如果我們拿這個問題問父母的話，我相信她會哭，她會嚇一跳。

我有一個學生，在國外住很久了，每隔幾年會回來探望在中南部的父母。他的母親不打電話則已，打給他就是抱怨他的父親，愛賭博、把積蓄拿去炒股票都沒有了……他的記憶裡，從小開始，母親就一直在抱怨爸爸。後來，他到國外去，再回國時，一樣聽他母親抱怨，抱怨到最後就是哭，然後說：「我受不了了，我沒辦法再跟他生活下去。」這些話一再重複，重複到我這個朋友也受不了了，他就跟母親說：「好，我明天就帶妳去辦離婚。」結果母親哭得更大聲，很生氣地罵他：「你這不孝的孩子，怎麼可以說這種話？怎麼可以這樣做？」

這就是倫理的糾纏，她無法把離婚這個行為合理化，只能抱怨，不停地抱怨，把抱怨變成倫理的一部分。她認同了抱怨的角色，她願意用一輩子的時間去扮演這個角色。你看電視劇裡那些婆婆、媳婦的角色，不也都是如此？這種劇情總是賣點，代表了倫理孤獨裡那個潛意識的結一直存在，而且大部分是女性。

所以她會選擇哭、選擇抱怨，她拒絕思維；如果她開始思維，她不會哭的，她會想怎麼解決問題？可是她選擇哭，表示她只是想發洩情緒而已。

孤獨的同義詞是出走，從群體、類別、規範裡走出去，需要對自我很誠實，也需要非常大的勇氣，才能走到群眾外圍，回看自身處境。

今天若有個女性說：「我沒有結婚啊，我沒有丈夫，只有一個孩子。」除了經濟上的支持外，她還需要體制的支持，才能夠做這件事。台灣的確處於轉型的時刻，使我們在面對各種現象時，可以去進行思維，如果我們可以不那麼快下結論的話，這些問題將有助於我們釐清倫理孤獨的狀態。

心理上的失蹤

「我」這個中年婦人出走到巷子口，又回家了，她繼續關在公寓裡，繼續聽每一家的鑰匙怎麼打開，怎麼關門。

有一次「我」和張玉霞聊天時，提到她很討厭住在四樓B的劉老師。張玉霞說，「他很愛孩子唉！」「有幾次我和娃娃一起，遇見了他，他就放慢腳步，跟娃娃微笑。」但是這個「我」還是覺得劉老師很怪異，身上有一種「近於肉類或蔬菜在冬天慢慢萎縮變黃脫水的氣味」。

這個單身的劉老師，從小學退休之後，常常在垃圾堆裡撿人家丟掉的洋娃娃，有一次在樓梯間剛好遇到第一人稱的「我」，他拿著一個破損的洋娃娃頭，向「我」展示，說這洋娃娃的眼睛還會眨。劉老師經常撿一些破損的洋娃娃頭、手、腳回來，放在黑色的木櫃裡，而這件事就和社會事件中頻頻發生的兒童失蹤案連結在一起。

失蹤不一定是具體的失蹤，可能是心理上的失蹤。如果你有看過法國超現實導演布紐爾（Luis Buñuel）的作品《自由的幻影》（*Le Fantôme de la liberté*），裡面有一段以超現實的手法，處理兒童失蹤。那一段是老師在課堂上點名，點到了Alice，Alice也喊了「有」，可是老師卻說她失蹤了，馬上通知家長來。她的父母到了學校，Alice說：「我在這裡。」但爸爸媽媽說：「噓，不要講話。」然後轉頭問老師：「她怎麼會失蹤？」

失蹤在電影裡變成了另一種現象，其實人在，你卻覺得他不在。例如一對貌合神離的夫妻，他們躺在同一張床上，對彼此而言卻是失蹤的狀態。我們一直覺得被綁架才叫失蹤，可是如果你從不在意一個人，那麼那個人對你而言，不也是失蹤了。

電影啟發了我把失蹤轉向一個心理的狀態，表示失蹤的人在別人心裡消失了，沒有一點具體的重量。我有一個朋友也是單親媽媽，孩子很小的時候，她的工作正忙，晚上應酬也很多，她沒有太多時間陪小孩，就讓小孩掛串鑰匙上下學。她也很心疼小孩，卻沒辦法陪伴她，又很擔心孩子被綁架，所以她就在每天晚上回家時，孩子已經寫完功課準備要睡了，她硬拉著小孩一起練習各種被綁架的逃脫術。有一次，她就在我面前表演，戴上綁匪的帽子、口罩，讓孩子練習逃脫。當時我覺得好可怕，就像軍隊的震撼教育一樣，可是讓我更震撼的是，這個城市的父母都已經被兒童綁架事件驚嚇到覺得孩子都不在了，孩子明明在她面前，卻覺得她已經失蹤了。

朋友的故事變成小說裡，張玉霞和孩子娃娃每天晚上的「特別訓練」。而住在三樓的這個「我」，每天晚上就會聽到各種乒乒乓乓的聲音。

愛成了寄託，喪失了自我

這個公寓裡最大的寂寞者——「我」，因為沒辦法出走，就把生命寄託在兒子身上，所以她生活裡最重要的事情，就是在收到兒子詩承寄來的信時，拿著紅筆勾出重點，她每讀一次，就覺得還有重點沒畫到，再畫一次。他的兒子讀法律，寄來的信很少問候父母，都是摘錄一些中文報紙上的新聞，有一次提到了兒童失蹤案，引起了「我」的興趣，她開始搜集報紙上的報導，準備要寄給兒子。

這裡我們可以看到，「我」這個中年婦女，把生活的重心放在居住在遙遠美國的兒子身上，他所關心的事情，就變成她關心的事情。——當我們在倫理的網絡之中，很難自覺到孤獨，就是因為我們已經失去自我，而這個自我的失去，有時候我們稱之為「愛」，因為沒有把自己充分完成，這份愛變成喪失自我主要的原因。

有一天，娃娃失蹤了。失蹤不再只是新聞報導，而變成一個具體事件，而且是在「我」住處樓上發生的事情。娃娃的母親張玉霞幾乎到了崩潰的地步，而這一切是「我」所預知的，她聽著下班後的張玉霞上樓、開鎖、關門的聲音，然後她走到房門邊，「等候著張玉霞在房中大叫，然後披頭散髮地衝下三樓，按我的門鈴，瘋狂地捶打我的房門，哭倒在我的懷中說：『娃娃失蹤了。』」

人在某一種寂寞的狀態，會變得非常神經質，敏銳到能看到一些預兆，而使得假象變成真相。

布紐爾另一部電影《廚娘日記》（*Le Journal d'une femme de chambre*），敘述一個紳士在妻子死後，雇用一個廚娘，廚娘在日記裡寫著這個外表行為舉止都很優雅的紳士，其實是一個好色之徒，常常偷看她洗澡更衣。這部電影有一大半是在對比這個紳士的裡外不一，一直到最後才揭曉，原來偷窺是廚娘長期寂寞裡所產生的性幻想。

倫理孤獨

對於倫理的思維，
還是要回到絕對的個體，
當個體完成了，
倫理才有可能架構起來。

所以小說裡的「我」聽到張玉霞的尖叫聲、哭聲，然後衝下來按門鈴，哭倒在她懷中，這是幻想還是真實發生？我們不知道。她開始安慰張玉霞，然後報警，三天後來了一個年輕俊美的警察，警察到她家就說，他是「為了多了解一點有關劉老師的生活」而來，他們都覺得劉老師最有嫌疑，因為劉老師非常愛娃娃，在樓梯間遇到時就會對他微笑，摸摸他的頭，還會買糖給他。

在兒童失蹤案經常發生的時期，一些原本愛小孩的人，看到小孩都不敢再靠近了，怕讓人誤會。這個劉老師原本是大家口中的好人，因為他特別愛孩子，他退休後還會到小學門口，陪孩子玩，教他們做功課。可是在兒童綁架勒索案愈來愈多時，人們開始懷疑他，甚至是懷疑這個糟老頭是不是有戀童症？劉老師突然就從一個慈父的形象，變成了戀童癖。

一成不變的危機

當年輕的警察看到茶几玻璃板下壓的一張詩承的照片，隨即漲紅了臉，「他說是詩承在某南部的市鎮服役時認識的，那時他正在一所警察學校讀書，他們在每個營區的休假日便相約在火車站，一起到附近的海邊玩。」

作為母親的「我」聽完嚇了一跳，詩承當兵時從來沒有跟她說過和一個警察這麼要好，這時候他身為母親的寂寞，以及倫理中的唯一連繫，再次面臨了危機。

我其實是想一步一步解散這個「我」引以為安的倫理，因為所有倫理的線都是自己所假設的，其實它無法綑綁任何東西，也連繫不起任何東西。如果沒有在完成自我的狀態下，所有的線都是虛擬假設的。

在小說裡「我」是真正的主角，雖然很多朋友看小說，會覺得劉老師是主角，或張玉霞是主角，但是我自己在撰寫時，主角是假設為第一人稱的這個「我」，我就讓她一步一步地面臨倫理的崩解，而和社會上存在的現象去做一個對比，而這個角色可能是我的母親，可能是我的朋友，也可能是許許多多的中年女性，當她們把倫理作為一生的職責時，所面臨到的困境。

這個問題不只在台灣，日本也有類似的現象。在日本，離婚率最高的年齡層是在中年以後，就是孩子長大離家後，做妻子的覺得該盡的責任已經盡了，便提出離婚，說：「我再也不要忍受了」，往往會把丈夫嚇一大跳。這樣的報導愈來愈多，不像我們所想像的年輕夫妻才會離婚。

有人說，這是因為婚姻有很大一部分是為了倫理的完成，當倫理完成以後，她就可以去追尋自我了。但我覺得應該是在充分地完成自我之後，再去建構倫理，倫理會更完整。

小說的最後，警員拿到了搜索令，進去劉老師的房間，發現一個好大的黑色櫃子，打開櫃子，裡面都是洋娃娃的頭、手、腳、殘破的身體。他沒有綁架兒童，他只是搜集了一些破損的洋娃娃，可是這個打開櫃子的畫面，會給人一種很奇怪的聯想。我常在垃圾堆裡看到一些人形的東西，例如洋娃娃，一個完整的洋娃娃是被寵愛的，可是當它壞了以後——我們很少注意到，兒童是會對玩具表現暴力，我常常看到孩子在玩洋娃娃時，是把它的手拔掉或是把頭拔掉——這些殘斷的肢體會引起對人與人之間關係奇異的聯想。

最後的結尾，我並沒有給一個固定的答案，只是覺得這個畫面訴說一股沉重的憂傷，好像是拼接不起來的形態。

基督教的故事裡，有一則屠殺嬰兒的故事。在耶穌誕生時，民間傳說「萬王之王」（The King of Kings）誕生了，當時的國王很害怕，就下令把當年出生的嬰兒都殺死。所以我們在西方的畫作裡，會看到一幅哭嚎的母親在一堆嬰兒屍體旁，士兵正持刀殺害嬰兒。我想，這是一種潛意識，因為殺害嬰兒是一種最難以忍受的暴力，稱之為「無辜的屠殺」，因為嬰兒是最無辜的，他什麼都沒有做就被殺死了。我以木櫃裡殘破的洋娃娃這樣一個畫面，試圖喚起這種潛意識，勾引起對生命本能的恐懼，進一步去探討在台灣社會裡一些與倫理糾纏不清的個案，藉由它去碰撞一些固定的倫理形態——所謂「固定」就是一成不變的，凡是一成不變的倫理都是最危險的。

當埃及「血緣內婚」是一成不變的倫理時，所有不與家族血緣通婚的人，都會被當成亂倫。所以，我們不知道，我們在這個時代所堅持的倫理，會不會在另一個時代被當成亂倫？人類的新倫理又將面對什麼樣的狀況？

先個體後倫理

比較容易解答的是，在清朝一夫多妻是社會認同的倫理，而且是好倫理，是社會地位高、經濟條件富裕的人，才有可能娶妾，而且會被傳為佳話、傳為美談。可是現在，婚姻的倫理已經轉換了。而同一個時代，在台灣和在阿拉伯的婚姻倫理也不一樣。

我相信，倫理本身是有彈性的，如何堅持倫理，又能保持倫理在遞變過程中的彈性，是我認為的兩難。大概對於倫理的思維，還是要回到絕對的個體，回到百分之零點零一的個體，當個體完成了，倫理才有可能架構起來。

西方在文藝復興之後，他們的倫理經歷了一次顛覆，比較回到了個體。當然，西方人對「個體」的觀念，是早於東方，在希臘時代就以個體作為主要的單元。而以個體為主體的倫理，所發展出的夫妻關係、親子關係，都不會變成一種固定的約制、倚賴，而是彼此配合和尊重。

許多華人移民到歐美國家，面臨的第一個困境，就是倫理的困境。我妹妹移民美國後，有一次她很困擾地告訴我，她有一天對七歲的小孩說：「你不聽話，我打死你。」這個小孩跑出去打電話給社會局，社會局的人就來了，質問她是不是有家庭暴力？我妹妹無法了解，她說：「我是他的母親，我這麼愛他。」她完全是從東方的倫理角度來看這件事。

對我們而言，哪吒之所以割肉還父，割骨還母，是因為身體是我們對於父母的原罪，父母打小孩也是理所當然。可是西方人不這麼認為，他們覺得孩子不屬於父母，孩子是公民，國家要保護公民，即使是父親、母親也不能傷害他。

現在在台灣，社會局也在做同樣的事，保護孩子不受家庭暴力的威脅，可是你會發現，我們的家庭仍在抗拒，認為「這是我們家的事」，最後就私了——倫理就是私了，而不是提到公眾的部分去討論。

倫理構成中私的部分，「父為子隱，子為父隱」的這個部分，造成了許許多多的問題被掩蓋了。例如家庭性暴力，有時候女兒被父親性侵害，母親明明知道，卻不講的，她覺得這是「家醜」，而家醜是不能外揚的。她沒有孩子是獨立個體、是公民的概念，所以會去掩蓋事實，構成了倫理徇私的狀況。

你如果注意的話，這種現象在台灣還是存在，這是一個兩難的問題。我沒有下結論說我們一定要學習西方人的法治觀，也沒有說一定要遵守傳統的倫理道德，我們要思考的是，如何在這個兩難的問題裡，不要讓這樣的事情再發生。

做父親的拿掉父親的身分後，是一個男子；做女兒的去掉「女兒」的身分，是一個女性，而古埃及「血緣內婚」的文化基因可能至今仍有影響力，所以父親與女兒之間的曖昧關係還在發生，只是我們會認為這是敗德的事情、不可以談論的事。而這些案例的持續發生，正是說明了人之所以為人的原因，人是在道德的艱難裡，才有道德的堅持和意義。

如果道德是很容易的事情，道德沒有意義。我的意思是，做父親的必須克制本能、了結慾望，使其能達到平衡，而不發生對女兒的暴力，是他在兩難當中做了最大的思維。思維會幫助個體健康起來，成熟起來。

從各個角度來看，倫理就是分類和既定價值調整的問題，所以有沒有可能我們把「亂倫」這兩個字用「重新分類」來代替，不要再用「亂倫」，因為這兩個字有很強烈的道德批判意識，而說「人類道德倫理的重新分類、重新調整」，就會變成一個思維的語言，可能古埃及需要重新分類，華人世界裡也要重新分類，訂定搬演的角色，並且讓所有的角色都有互換的機會，會是一個比較有彈性的倫理。

前陣子，我有個擔任公司小主管的朋友就告訴我，他覺得太太管女兒太嚴，他只有一個女兒，對她是萬般寵愛，總是希望能給她最好的，可是太太就覺得要讓女兒有規矩，要嚴厲管教。

從這裡我們看到，倫理與社會條件、經濟條件都有關，倫理不是一個主觀決定的東西，而是要從很多很多客觀條件去進行分析，得到一個最合理的狀況。如果沒有經過客觀的分析，那麼倫理就只是一種保守的概念，在一代一代的延續中，可能讓每一個人都受傷。

倫理也是一種暴力？

我們不太敢承認，可是倫理有時候的確是非常大的暴力。我們覺得倫理是愛，但就像我在暴力孤獨裡丟出來的問題：母愛有沒有可能是暴力？如果老師出一個作文題目「母愛」，沒有一個人會寫「這是一種暴力」，可是如果有百分之零點一的人寫出「母愛是暴力」時，這個問題就值得我們重視。

我在服裝店碰到一對母女，母親就是一直指責女兒，說她怎麼買這件衣服、那件衣服，都這麼難看，所有服裝店裡的人都聽見了，有人試圖出言緩和時，這個母親說：「對呀，你看，她到現在還沒結婚。」我們就不敢再講話了，我們已經知道這個母親以母愛之名，什麼話都能講了。這是不是暴力？

這時候，我不想跟媽媽講話，我想跟那個沉默的女兒說：「妳為什麼不反抗？妳的自我到哪裡去了？妳所遵守的倫理到底是什麼？」

我在一九九九年寫〈救生員的最後一個夏天〉時，台灣社會已經發展到更有機會去揭發倫理的真相，主角發生的事也可能在我們身邊發生。主角Ming是個大學生，他的爸爸跟母親已經分居了一段時間，這對夫妻在大學認識，是很知性的人，從來不曾吵架，他們結婚生子是因為遵守倫理的規律，不是因為愛或什麼。

所以當這個父親最後決定和Charlie去荷蘭結婚時，他在咖啡廳裡和妻子談，他和妻子都同到了個體的身分，他們把家庭倫理假象戳了一個洞，使其像洩了氣的皮球，而我想這是一個漏洞，而倫理的漏洞，往往就是倫理重整的開始。

一個渴望倫理大團圓的人，不會讓你發現倫理有漏洞。你看傳統戲劇，最後總是來個大團圓，而這個團圓會讓你感動，你會發現這是一個無奈的渴望。

你看《四郎探母》這個戲最後怎麼可能大團圓，兩國交戰，楊四郎（延輝）打敗了被俘虜，他隱姓埋名，不告訴別人他有個老媽，還是元帥，也隱瞞他有個妻子四夫人，結果番邦公主看上他武藝雙全，將他招為駙馬，十五年生了一個兒子，夫妻也很恩愛。這已經是一個兩難的問題了，一邊是母親，是「百善孝為先」，一邊是妻子，也是殺死他的父親、令他家破人亡的仇人，四郎該如何取捨？

後來，佘太君親自帶兵到邊界，四郎有機會見到母親，只好跟番邦公主坦白。番邦公主才知道原來丈夫是自己的仇家，她威脅要去告訴母后（蕭太后）把他殺頭，但一說完就哭起來了，到底四郎還是她的丈夫，在倫理的糾纏中，又變成了一個兩難的困境。最後番邦公主還是悄悄地幫忙四郎，讓他見到了母親。對番邦公主而言，這是冒一個很大的險，因為楊四郎可能一去就不回了。

楊四郎回去之後，跪在母親面前，哭著懺悔自己十五年來沒有盡孝。可是匆匆見一面，他又要趕著回去，佘太君罵他：「難道你不知道天地為大，忠孝當先嗎？你還要回去遼邦。」楊四郎在舞台上，哭著說，他怎麼會不知道？可是如果他不回去，公主就會被斬頭，因為她放走了俘虜。

這裡我們看到一個非常精采的倫理兩難，可是到最後不知怎的又變成了大團圓，這怎麼可能大團圓，不要忘了他還有一個元配，元配打了他一個耳光後，面臨的又是另一個倫理的糾纏。

粉飾太平的大團圓

《四郎探母》為什麼用大團圓？因為大團圓是一個不用深入探究的結局。可是如果一個有哲學思維的人，他會把這些倫理道德上的兩難，變成歷史最真實的教材。

張愛玲看《薛平貴與王寶釧》就不認同最後大團圓的結局。王寶釧苦守寒窯十八年，靠野菜維生，薛平貴在外地娶了代戰公主，回來還要先試探妻子是不是還記得他，是不是對他忠心？因為十八年的分別，早已認不出對方。薛平貴先假裝是朋友，調戲王寶釧，才發現王寶釧住在寒窯裡不與人來往，苦苦守候著他。後來代戰公主出來，對王寶釧說：「妳是大我是小。」兩個人要一起服侍薛平貴，這是大團圓的結局。張愛玲在小說裡就寫，這個結局好恐怖，面對一個美麗、能幹又掌兵權的公主，你可以活幾天？

你渴望大團圓嗎？還是渴望揭發一些看起來不舒服的東西。

儒家的大團圓往往是讓「不舒服的東西」假裝不存在。就像過年時不講「死」字，或是公寓大樓沒有四樓；死亡是倫理這麼大的命題，不可能不存在，我們卻用「假裝」去迴避。當孔子說：「未知生，焉知死」，或者我們平常不說「四」而說「三加一」時，就是在迴避死亡，這時候倫理有可能揭發出一些真相嗎？我們要粉飾太平地只看大團圓的結局？還是要忍住眼淚，忍住悲痛，去看一些真相？這也是一個兩難。

我想，上千年的大團圓文化的確會帶給人一種感動，也會使人產生嚮往，可是倫理不總是那麼美好，倫理缺憾的那個部分，以及在倫理之中孤獨的人，我們要如何看待？

即使我們與最親密的人擁抱在一起，我們還是孤獨的，在那一剎那就讓我們認識到倫理的本質就是孤獨，因為再綿密的人際網絡，也無法將人與人合為一體，就像柏拉圖說的，人注定要被劈開，去尋找另一半，而且總是找錯。大團圓的文化是讓我們偶爾陶醉一下，以為自己找到了另一半，可是只要你清醒了，你就知道個體的孤獨性不可能被他者替代了。但不要誤會這就沒有愛了，而是在個體更獨立的狀態下，他的愛才會更成熟，不會是陶醉，也不會是倚賴。成熟的愛是倚靠不是倚賴，倚靠是在你偶爾疲倦的時候可以靠一下，休息一下，倚賴則是賴著不走了。

我們常常把倫理當作倚賴，子女對父母、父母對子女都是。我在大陸看到一胎化的子女，受到父母、爺爺奶奶、外公外婆的寵愛，有人覺得這樣很幸福，我卻覺得很可怕，因為當孩子長大後，這些人會反過來倚賴他，那是多麼沉重啊！

當我們可以從健全的個體出發，倚靠不會變成倚賴，倚靠也不會變成一種常態，因為自己是可以獨立的，不管對父母、對子女、對情人、對朋友，會產生一種遇到知己的喜悅，而不是盲目的沉醉，如此一來，所建構出來的倫理也會是更健全的。

打開自己的抽屜

倫理孤獨是當前社會最難走過的一環，也最不容易察覺，一方面是倫理本身有一個最大的掩護——愛，因為愛是無法對抗的，我們可以對抗恨，很難去對抗愛。然而，個體孤獨的健全就是要對抗不恰當的愛，將不恰當的愛做理性的分類紓解，才有可能保有孤獨的空間。

孤獨空間不只是實質的空間，還包括心靈上的空間，即使是面對最親最親的人，都應該保有自己孤獨的隱私，要保有自己的心事，即使是夫妻，即使是父母與子女，就像在〈因為孤獨的緣故〉裡，中年婦女「我」因為兒子詩承沒有告訴她自己認識了一名警察，而且彼此有過一段愉快的相處，而感到不舒服。可是對兒子而言，這是他生命中重要且美好的部分，他可以把這件事放在心靈的抽屜裡，不一定要打開它。

西方心理學會主張，要把心理的抽屜全部打開，心靈才會是開放的，可是我覺得個體是可以保有幾個抽屜，不必打開；就像我在寫作畫畫的過程中，是不會讓別人來參與，我覺得這樣才能保有創作的完整性，得到的快樂也才會是完整的。同時，我也尊重他人會有幾扇不開啟的抽屜。一個不斷地把心神精力用在關心別人那些不打開的抽屜的人，一定是自我不夠完整的人，他有很大很大的不滿足，而想用這種偷窺去滿足。

我認為這個社會，需要把這種偷窺性減低，回過頭來完成自己。可是我們回顧這幾年來媒體新聞的重大事件，都是在想著打開別人的抽屜，而不是打開自己的抽屜，而且樂此不疲，這是一件很危險的事情。

在二〇〇二年的最後幾天，我開始在想，我自己有幾個沒有打開的抽屜，裡面有什麼東西？別人說：「你這麼孤獨呀？只看自己的抽屜。」我會說：「是，但這種孤獨很圓滿，我在凝視我自己的抽屜，這個抽屜可能整理得很好，可能雜亂不堪，這是我要去面對的。」

我相信，一個真正完整快樂的人，不需要藉助別人的隱私來使自己豐富，他自己就能讓生命豐富起來。

在破碎重整中找回自我

沒有思維的倫理很容易變成墮落，因為太習以為常。例如想到婆媳關係，就聯想到哭哭啼啼的畫面，可是現代人的婆媳關係是可以有更多面向的。如果你覺得在一個傳統固定的倫理裡待太久了，思想會不自覺地受到傳統倫理的制約，我會建議你去看阿莫多瓦（Pedro Almodovar）與帕索里尼（Pier Paolo Pasolini）的電影，你就有機會去整頓自己，可是你一定會罵：「怎麼要我去看這種電影？」

我自己在一九七六年看到帕索里尼的電影時，也是一邊看一邊罵，我罵他怎會把藝術玩到這種地步，你看他的《美狄亞》、《十日談》、《索多瑪的一百二十天》會覺得毛骨悚然，他會讓你看到一個背叛美學的東西，我記得首映時，很多人看到吐出來了。而西班牙導演阿莫多瓦的《我的母親》這部片，完全就是倫理的顛覆，可是裡面有種驚人的愛，他在變性人、愛滋病人、妓女身上，看到一種真摯的愛，與我們溫柔敦厚的倫理完全不一樣。

我自己在阿莫多瓦與帕索里尼的電影裡，可以完全撕裂粉碎，然後再回到儒家的文化裡重整，如果不是這個撕裂的過程，我可能會陷入「父為子隱，子為父隱」的危險之中。任何一種教育如果不能讓你的思維徹底破碎的，都不夠力量；讓自己在一張畫、一首音樂、一部電影、一件文學作品前徹底破碎，然後再回到自己的信仰裡重整，如果你無法回到原有的信仰裡重整，那麼這個信仰不值得信仰，不如丟了算了。

期盼每一個人都能在破碎重整的過程中找回自己的倫理孤獨。

聯合文叢 398

孤獨六講

作　　者／蔣　勳
發 行 人／張寶琴
總 編 輯／許悔之
叢書副總編輯／杜晴惠
執 行 編 輯／蔡佩錦
編　　輯／林佳蕙
視 覺 總 監／周玉卿
美 術 編 輯／王淑芬
文 稿 整 理／施佩君
校　　對／蔣　勳　杜晴惠　陳維信　林佳蕙
業務部總經理／朱玉昌
業務部副總經理／李文吉
印 務 主 任／王傳奇
法 律 顧 問／理律法律事務所
陳長文律師、蔣大中律師
出 版 者／聯合文學出版社有限公司
地　　址／台北市基隆路一段180號10樓
電　　話／(02)27666759・27634300轉5107
傳　　真／(02)27491208(編輯部)、27567914(業務部)
郵 撥 帳 號／17623526 聯合文學出版社有限公司
登 記 證／行政院新聞局局版臺業字第6109號
網　　址／http://unitas.udngroup.com.tw
E-mail:unitas@udngroup.com
印 刷 廠／鴻霖國際事業有限公司
總 經 銷／聯經出版事業公司
地　　址／台北縣汐止市大同路一段367號三樓
電　　話／(02)26422629

初 版 日 期／2007年8月　初版
2007年10月20日　初版十二刷
定　　價／350元

ISBN 978-957-522-718-0（平裝）

國家圖書館出版品預行編目資料

孤獨六講／蔣勳著. --
初版. -- 臺北市 ：聯合文學, 2007〔民96〕
280面 ；17×23公分. --（聯合文叢；398）
ISBN 978-957-522-718-0（平裝）

855　　96014160